Franz Friedrich Altmann
Turrinis Nase

Franz Friedrich Altmann

Turrinis Nase

Kriminalroman

Leykam

Almut zuliebe

I

„Mit einer vollen Hosen ist gut stinken!", sagt man bei uns gern, wenn einer beim Tarockieren so gute Karten hat, dass er praktisch gewinnen muss. Dass er gar nicht so blöd tun kann, dass er nicht gewinnt. Dass mit so einer Karten ein jeder Depp gewinnt.

Weil sie aber auch gern tarockiert und weil das schon ein lässiger Spruch ist, sagt die Wurm Gudrun jetzt auch: „Mit einer vollen Hosen ist gut stinken!" Und schmeißt die ganzen Zeitungen in ein Eck. Es kann einen aber auch wirklich der Neid fressen, wenn man sich die *anderen* Zeitungen so anschaut: jede Menge saftige Skandale, die eine oder die andere knusprige Katastrophe und Mord und Totschlag sowieso haufenweise! Und was für Karten hat die Frau Redakteurin Wurm? Ein fader Verkehrsunfall, eine öde Einweihung (Tanklöschfahrzeug mit Foto), ein überflüssiger Hinterglas-Malkurs mit unbrauchbarem Foto, eine letztklassige Ehrenbürgerring-Verleihung, zwei Fotos Marke *herziges Kind* und der Rest nichtssagende Gemeinderatsbeschlüsse! Praktisch gar nichts! Und aus diesem Nichts soll sie bis morgen Mittag eine Zeitung machen! Wie wenn sie aus einer letscherten Karotte, einem ranzigen Suppenwürfel und einem verschimmelten Toastbrot ein dreigängiges Menü zaubern müsste. Und das hätte sie eher zusammengebracht. Weil im Kochen ist sie eins a – das muss man ihr lassen. Auch wenn sie sonst nicht gerade das ist, was man sich bei uns unter einer Frau vorstellt. Aber nicht, dass wir uns jetzt falsch verstehen! Nicht, dass nichts dran wär an ihr – Busen und Arsch tipptopp und das Gesicht auch – nur: Sie kommt halt überhaupt nicht daher wie eine Frau! In einem Rock oder in einem Kleid ist sie noch nie gesehen worden, schminken tut sie sich auch kein bisserl und – das Ärgste ist das: Sie führt sich auch auf wie ein Mann! Aber nicht wie irgendein Zniachtl – wie einer, der ein wilder Hund ist!

Drum bringt ihr die Renate jetzt nicht nur einen Kaffee, sondern auch gleich ein *Aspirin C*. Sozusagen automatisch: weil Montag ist. Weil am Sonntag bei der Wurm Gudrun grundsätzlich Tarockieren angesagt ist. Und das dauert natürlich länger. Und getrunken wird natürlich auch was. Das gehört praktisch zum Tarockieren dazu. Die Renate kennt sich da aus, weil sie eine Zeit lang mit dem Heiligenbrunner verheiratet war. Der hat auch tarockiert. Frage nicht, wie der am nächsten Tag immer beisammen war! Wegen dem Saufen allein hätte sich die Renate aber nicht scheiden lassen – saufen tun andere Männer auch, praktisch die meisten, weil ja die meisten bei uns tarockieren. Scheiden lassen hat sie sich wegen dem Grant, den der Heiligenbrunner am nächsten Tag immer gehabt hat. Da ist ihm dann gern die Hand ausgerutscht – und sie hat sich dann immer so Geschichten ausdenken können wie *über die Stiegen gestolpert* oder *in das offene Türl von einem Küchenkastl hineingerennt*. Gott sei Dank hat der Heiligenbrunner beim Tarockieren wenigstens immer verloren und kein Geld zum Häuselbauen gehabt. Bevor das Haus aber nicht fertig ist, hat der Heiligenbrunner immer gesagt, braucht er auch keine Kinder. Mit Kindern hätte sich die Renate wahrscheinlich nicht so leicht scheiden lassen. Weil sie eher der mütterliche Typ ist. Am liebsten täte sie ihre Kinder sogar mit ins Büro nehmen. Traut sich aber nicht. Wird ja schon ausgelacht, wenn sie nur redet von ihnen. Die Einzige, die nicht lacht, ist die Gudrun. Die ist auch die Einzige, die weiß, wie viele es überhaupt sind: zweiunddreißig. Bei der kann die Renate auch *Kinder* sagen – und nicht *Porzellanpuppen.* Aber für die Renate sind es halt einmal ihre Kinder. Und eine jede hat ihren Namen. Die Jüngste heißt Sonja. Nach der Gattin vom vorigen Bundeskanzler. Die hat auch so lange schwarze Haare. Die Nächste wird sie Gudrun taufen. Wenn sie eine kriegt mit blonder Stoppelfrisur. Mit der kann man wirklich gut reden. Nur heute nicht. Weil heute Montag ist. Und die Renate muss sowieso wieder in ihr Büro hinüber. Weil bei den *Mühlviertler Nachrichten* am Dienstag zu Mittag Redaktionsschluss ist. Da haben dann am Montag nicht nur die Redakteure *Großkampftag,* wie die Redaktionsleiterin immer sagt, sondern eine arme Sekretärin erst recht. Zugehen tut es da in ihrem Büro wie in einem Vogelhaus: In einer Tour zwitschert das Telefon und das Fax krächzt heiser, und wenn eine E-Mail hereinkommt, macht es einen jämmerlichen Piepser. Und die Renate Heiligenbrunner kann sich derstessen!

Die Wurm Gudrun wäre sogar noch dankbar gewesen, wenn sie sich derstessen könnte. Aber wie denn, wenn man nichts Greifbares in der Hand hat? Es kommt ihr vor wie eine halbe Ewigkeit, bis das blöde *Aspirin C* endlich ausgeknistert hat. Andere haben vielleicht Kindheitserinnerungen, in denen sie ihr Ohr an eine Muschel halten und dann angeblich das Meer rauschen hören. Sie muss jetzt an dieses geheimnisvolle Knistern denken: wenn sich der Opa ein Bier eingeschenkt hat und wenn dann die schillernden Schaumblasen im leeren Bierflaschl zerplatzt sind. Wenn sie mit dem Opa in seiner Werkstatt war. Da hat sonst keiner hineindürfen. Sogar einen richtigen blauen Schlosseranzug hat sie gekriegt. Nur in klein halt. *Kluft* hat der Opa immer gesagt. Heute heißt es *Overall.* Der Opa hat es vom Schlosser zum Ingenieur bei der Landesregierung gebracht. Und sogar eine eigene Schaufel für Schneepflüge erfunden. Aber in der Pension ist er dann wieder Schlosser geworden. Wahrscheinlich wär ihm ein Lehrbub schon lieber gewesen, aber anmerken lassen hat er sich nichts. „Geschickter wie jeder Bub, meine kleine Gucki!", hat er immer gesagt. Gucki – das kommt natürlich von Gudrun, aber auch, weil sie ganz genau zugeschaut hat, wenn ihr der Opa in der Werkstatt was gezeigt hat. Und weil bei den Deutschen *schauen* bekanntlich *gucken* heißt und weil der Opa bei der Deutschen Wehrmacht war, hat er auch *gucken* gesagt. So wie er auch *Kohldampf* gesagt hat statt *Hunger.* Oder *Führer* statt *Diktator*. Aber alter Nazi hin, alter Nazi her – für die Gucki bleibt der Opa immer der Opa. Jetzt sage ich auch schon

Gucki? Statt *Wurm Gudrun*. Aber nicht nur ich! Das muss man sich vorstellen: Wie die Wurm Gudrun das erste Mal mit den Nachbarbuben tarockiert hat – so ein gutes halbes Jahr ist das jetzt her, da war sie in ganz St. Anton nur die *Zugereiste* –, hat sie gleich im allerersten Spiel bei einem *Dreier* die *Wildsau* angesagt. Aber nicht nur das! Wie dann nämlich der Fuzzi „Schuss!" gesagt hat, hat sie nicht den Mund gehalten, sondern „Retour!" gesagt. Und der Fuzzi natürlich wieder „Schuss!", weil die *Wildsau* – das ist ja der *Vierer*. Das erklär ich jetzt nur für den Fall, dass einer nicht tarockieren kann. Bei uns kommt das praktisch nicht vor, weil bei uns kennt ja sowieso ein jedes Kind den *Tarock-Vierer*. Mit dem haben ja die Volksschullehrerinnen das meiste Gfrett, wenn sie den Kindern die römischen Zahlen beibringen sollen. Weil auf den Tarockkarten wird ja der römische Vierer so geschrieben: IIII. Und nicht – wie in der Schule – so: IV. Weil die Kinder natürlich einer Tarockkarte mehr glauben als einer Volksschullehrerin, die ja meistens eine alleinerziehende Mutter ist – sprich: keinen Mann hat – oder einen sogenannten Künstler derhalten muss, der kein einziges Bild verkauft – und wenn er noch so oft in der *Raika* ausstellt und sogar der Bürgermeister einleitende Worte spricht.

Jetzt bin ich aber ein bisserl vom Thema abgekommen. Wo waren wir schnell noch? Beim Fuzzi. Also: der Fuzzi wieder: „Schuss!" Die Gucki wieder: „Retour!" Ohne lang zu überlegen! Dafür wird jetzt schön langsam der Fuzzi studierert. Und zählt seine Tarock nach. Sieben müssten normal genug sein für die *Wildsau*. Wieder: „Schuss!" Aber kaum, dass er mit der flachen Hand so auf den Tisch gedroschen hat, dass die Biergläser wackeln – das macht der Fuzzi grundsätzlich, wenn er schießt –, hat die Gucki auch schon wieder „Retour!" gesagt. Da sind wir aber auch schon beim *Steyrerwagen*. Das heißt: Mehr geht nicht, als dreimal hin- und herschießen. Ist eh schon genug! Weil die *Wildsau* kostet bei einem *Dreier* angesagt 16 Schilling – geschossen 32 – retour 64 – noch einmal geschossen 128 – noch einmal retour 256 – wieder geschossen 512 – und am *Steyrerwagen* 1024 Schilling. Nicht, dass ich es spannend machen möchte: wer jetzt gewonnen hat, aber kein Schwein hat mir noch sagen können, warum es ausgerechnet *Steyrerwagen* heißt, wenn bis zum Gehtnichtmehr geschossen wird. Die gescheitesten Leute habe ich da schon befragt – und keiner hat es gewusst. Nicht einmal der Mühleder Lois, der beim Tarockieren ein alter Fuchs ist und weit herumgekommen, weil er ja Briefträger war. Der hat auch nicht mehr sagen können als wie: „Das heißt halt so, weil es schon immer so geheißen hat."

Jetzt wird man sich vielleicht fragen, warum ich so auf dem *Steyrerwagen* herumreite, wo doch ein jeder schon wissen möchte, wer gewonnen hat: die Gucki – oder der Fuzzi? Das ist nämlich so: Man denkt ja normalerweise nicht so viel nach, weil man vom vielen Nachdenken höchstens Schädelweh kriegt – also: ich zumindest, aber akkurat über den *Steyrerwagen* habe ich so viel nachgedacht, dass ich mir denk: Wenn ich mir meinen Schädel schon zerbrochen habe, möchte ich meine *Steyrerwagen*-Theorie auch einmal loswerden. Stimmen muss sie ja nicht – das behaupte ich auch gar nicht, aber zumindest ist es einmal eine schöne Theorie. Also: Nicht, dass es heute fad zugehen tät beim Tarockieren – bei uns kannst du an einem Abend ungschaut ein paar Tausender verlieren – nur: Gegen früher ist das überhaupt nichts! Früher – da haben sie um ganz andere Beträge gespielt, da ist es nicht selten um Haus und Hof gegangen! Und – unter Umständen – auch um einen Steyrerwagen. Früher hat es nämlich wirklich einmal einen Wagen aus Steyr gegeben. Damit meine ich jetzt aber nicht den *Steyr-Puch*, weil das war ja kein echter Steyrerwagen, weil es nur ein nachgemachter *Fiat* war, sondern ich meine das *Steyr Baby* aus den Zwanzigerjahren. Das wird damals natürlich ein Schweinegeld gekostet haben. Wird sich damals natürlich kein Schwein leisten haben können. Jetzt kommt aber auch schon meine Theorie! Wenn dann beim Tarockieren hin- und hergeschossen worden ist bis zum Gehtnichtmehr, wird man halt gesagt haben: „Bis zum Steyrerwagen!" Weil es so hoch hergegangen ist, dass man um das Geld sogar ein Auto gekriegt hätte – eben einen Steyrer Wagen.

So – jetzt, wo ich meine Theorie endlich verzapft hab, kann ich eigentlich ruhig verraten, wer gewonnen hat: nämlich die Gucki. Auf das hinauf hat der Fuzzi zuerst „Geh leck mich am Arsch!" gesagt und „Ich scheiß mich an!" und noch ein paar solcherne Ausdrücke der ungläubigen Verwunderung. Aber dann hat er noch was gesagt – und jetzt kommt das, warum ich die ganze Geschichte von der *Wildsau* überhaupt erzählt hab: „Zu einer, die rucki-zucki drei Tausender gewinnt, kann man wirklich nicht Gudrun sagen. So eine ist die Rucki-Zucki-Gucki!" Und seither heißt die Wurm Gudrun bei uns nur mehr Gucki. Ich mein: Der Bürgermeister sagt natürlich schon *Frau Redakteurin Wurm*, wenn er möchte, dass sie in den *Mühlviertler Nachrichten* was Nettes über St. Anton schreibt, und im Kaufgeschäft *Wöss* sagt die Wössin auch: „Der ist bestimmt ganz frisch, Frau Wurm!", wenn sie ihr einen letscherten Salat andrehen will, aber die normalen Leute sagen alle Gucki.

Momentan ist die Gucki allerdings froh, dass keiner sie anredet – weder mit Frau Wurm noch mit Gucki. Weil: So lustig das Tarockieren auch war gestern – das heutige Schädelweh ist keine Gaudi mehr. Wie wenn ein ganzer Haufen kleiner Manderl in ihrem Schädel herumwerken tät. Aber nicht mit Krampen und Schaufel – mit einer *Hilti* mit Schrämmeißel! Und die Gucki kennt ihre Manderl: Das sind fleißige Burschen – so schnell hören die nicht auf! Außer man zahlt ihnen ein Bier. Das ist sogar medizinisch erwiesen, dass man den Teufel am besten mit dem Beelzebub austreibt. Sprich: Das Gescheiteste gegen einen ordentlichen Kater ist ein ordentlicher Schluck Bier. Nur: aufpassen! Weil unter Umständen unerwünschte Nebenwirkung: So ein Rausch vom Vortag ist schneller aufgewärmt, als man schauen kann! Steckt die Gucki praktisch in einem seelischen Zwiespalt: Soll ich – soll ich nicht? In so einer verzwickten Situation ist man natürlich froh, wenn man einen verständnisvollen Kollegen hat, den man um Rat fragen kann. „Was tätest denn du sagen?“, fragt also jetzt die Gucki. „Noch so ein grausliches *Aspirin C* oder doch lieber einen herrlichen *Ratsherrentrunk*?“ Das merkt natürlich ein jeder, dass das keine echte Frage ist. Weil ja die Gucki ihrem Kollegen die Antwort praktisch schon in den Mund gelegt hat. Der gibt ihr auch gar keine Antwort, sondern schaut sie nur vorwurfsvoll an. „Du hast ja recht – ich sauf in letzter Zeit ein bisserl zu viel“, muss die Gucki jetzt eingestehen, „aber momentan geht es mir wirklich nur ums Schädelweh. Ehrlich!“ Aber anscheinend glaubt ihr der Kollege Turrini kein Wort. Er verdreht den Kopf und schaut sie schief an. Wie wenn er sagen täte: „Eine blödere Ausrede fällt dir nicht ein?“ „Na, dann halt nicht!“, murmelt die Gucki und schmeißt sich ans Telefon. Sämtliche Ortsberichterstatter der *Mühlviertler Nachrichten* kann sie jetzt abklappern: Ob nicht doch irgendwo wenigstens ein bisserl was passiert ist, über das sie schreiben könnte. Die reinste Knochenarbeit!

Dem Kollegen Turrini geht es zwar auch nicht besser – nur dass das Knochenabnagen für ihn ein Genuss ist. Weil da muss ein Hund schon recht degeneriert sein, dass ihm der Knochen von einer Schweinsstelze nicht taugt. Turrini heißt er deswegen, weil die Gucki eigentlich mehr Theaterwissenschaften studiert hat – und weniger Publizistik. Weil sie zwar froh sein hat müssen, dass sie wenigstens bei den *Mühlviertler Nachrichten* eine Arbeit gefunden hat, aber noch immer an ihrer Diplomarbeit über den Turrini herumschreibt. Da ist aber jetzt nicht der Hund gemeint, sondern der Theaterdichter. *Peter Turrini* heißt der. Der schaut aber dem Hund total ähnlich: schwarze Haare, schon ein bisserl grau, eher kleiner, eher ein bisserl fester, vor allem aber, wie er dreinschaut: so ernst. Wie wenn er immer ein bisserl traurig wär. Dabei hätte es der Turrini nicht besser erwischen können als wie bei der Gucki. Turrini hin und Turrini her geht es da. Die redet mit ihm, wie wenn er kein Spitz wäre, sondern ein richtiger Mensch. Da heißt es nicht „Platz!", sondern: „Möchte der kleine Turrini nicht auf sein Platzi gehen und Heihei machen?" Und so fort. Und mitnehmen tut sie ihn auch überallhin. Im ganzen Bezirk ist er schon bekannt, der Turrini. Also – der Hund. Der Theaterdichter ja weniger, weil das Theater bei uns nicht so eine Rolle spielt. Ich mein: Theatergespielt wird schon auch bei uns, aber nur zur Gaudi. *Schwank* nennt man so ein Theaterstück, das eigentlich gar keinen Sinn hat, außer dass die Zuschauer was zum Lachen haben. Bei der Gelegenheit könnte ich eigentlich auch gleich meine Schwank-Theorie zum Besten geben. Weil momentan sowieso nichts passiert, außer dass die Gucki am Telefon hängt und einen Ortsberichterstatter nach dem anderen ausfratschelt. Mit dem *Schwank* ist es wie mit dem *Steyrerwagen*: Kein Schwein weiß, warum es so heißt. Dabei liegt es eigentlich auf der Hand. Also: Theaterspielen tun ja bei uns keine richtigen Schauspieler, sondern normale Leute. Und die sind dann natürlich mordsmäßig aufgeregt, wenn sie im Pfarrsaal oder im Wirtshaus auf die Bühne müssen. Bevor sie aber vor lauter Lampenfieber gar nichts herausbringen, trinken sie halt ein bisserl was. Und manchmal halt ein bisserl zu viel. Und dann schwanken sie auf der Bühne herum, dass es nur so eine Freude ist. Also – Sachen könnte ich da erzählen!

Nur: Das geht momentan nicht, weil nämlich die Gucki gerade die Ortsberichterstatterin von St. Anton am Telefon hat. Und die erzählt ihr ausnahmsweise nichts von einem Punschstandl zugunsten der Orgelrenovierung oder von einer neuen Schneefräse für den Gemeindetraktor oder von einer Exkursion der Ortsbauernschaft mit anschließendem geselligen Beisammensein – die erzählt ihr doch glatt von einem Mord.

II

„Ein Weib und eine Henn – nichts Blöderes ich kenn!", kommt es der Gucki jetzt aus. Obwohl sie sonst schon für die Emanzipation ist. Aber total auch noch! Richtiggehend aufhussen tut sie manchmal sogar die Frauen. Die Geschichte mit dem Skifahren – zum Beispiel! Aber da muss ich ein bisserl weiter ausholen.

Trilling ist ein Dorf, das zu St. Anton gehört. Nicht groß. So zehn, fünfzehn Häuser werden es sein. Trotzdem kennt es ein jeder weit und breit. Weil sich dort was tut. Wenn man geschwollen daherreden möchte, könnte man sagen: Trilling beherbergt gleich mehrere Institutionen von überregionaler Bedeutung. Da haben wir zuerst einmal das Gasthaus *Otter:* ein Wirtshaus, wie es sich gehört! Dann das Hüttenfest der Freiwilligen Feuerwehr Trilling: Mein lieber Schwan, da spielt es sich ab! Und schließlich die *Trillinger Skitage*: Einmal im Jahr geht es ins Gebirge – so mit allem Drum und Dran – Skirennen, Siegerehrung und Übernachten auf so einer Skihütte. Das hat sich vor Jahren einmal eingebürgert – und jetzt ist es praktisch ein Pflichttermin für einen jeden Trillinger. Und auch für einen jeden aus den umliegenden Ortschaften. Weil mitfahren tun natürlich nur Männer. Weil eine Frau tät das beim besten Willen nicht aushalten! Dabei meine ich jetzt nicht einmal das Saufen. Das auch, aber nicht nur. Das ist nämlich so: Um fünf in der

Früh fährt der Bus weg in Trilling – und spätestens um fünf nach fünf hat nicht nur jeder außer dem Buschauffeur das erste Bier in Arbeit – da wird auch schon der erste ordinäre Witz erzählt. Und das steigert sich natürlich bis zum Heimfahren. Da muss dann oft gar kein Witz mehr dabei sein – Hauptsache, ordinär ist es. „Ab-so-lut nicht frauenkompatibel!", hat es der Charly einmal genannt. Weil seit der einen Computer hat, redet er nur mehr so komisch daher.

Jetzt kommt es aber! Heuer müssen auf einmal die Frauen auch Skifahren fahren. Noch dazu eine Woche *vor* den Männern! Und auch ein ganzes Wochenende! Jetzt können die verheirateten Männer das ganze Wochenende auf die Kinder aufpassen. Statt dass sie wie gewohnt im Gasthaus *Otter* sitzen und schon ein bisserl das Ordinär-Daherreden trainieren. Weil die Vorfreude ist ja bekanntlich die schönste Freude. Und wer hat ihnen das eingebrockt? Die Gucki! Dort einmal eine blöde Bemerkung und da einmal – und schon hat es geheißen: Gleichberechtigung! Und dann war auch schon der Bus bestellt. Dabei hat sich die Gucki wahrscheinlich nur leidgesehen, dass sie nicht mitfahren darf bei den Männern. Weil ja bei denen nicht nur Ski gefahren wird, sondern auch tarockiert. Eigentlich mehr als Ski gefahren. Ein paar gibt es sogar – die nehmen gar keine Ski mit, sondern gleich nur Tarockkarten.

Wie kommt die Gucki also dazu, dass sie jetzt so einen blöden Spruch über die Frauen herauslässt? Wo sie doch sonst jedem sofort über das Maul fährt, wenn er nur ein bisserl was sagt gegen die Frauen? Normalerweise kann man sich da nämlich ganz schön was anhören, wenn einem eine Bemerkung herausrutscht, die der Gucki *frauenfeindlich* vorkommt. Weil zimperlich ist sie da wirklich nicht. Hat der Charly nur einmal einen harmlosen Witz erzählen müssen: „Was ist der Unterschied zwischen einem Computer und einer Frau? Ein Computer kann wenigstens fast denken!" Hat es bei der Gucki auch schon geheißen: „Was ist der Unterschied zwischen einer Klarinette und dem Charly? Bei einer Klarinette geht das Blasen leichter, weil man da wenigstens ein bisserl was im Mund hat!"

Warum sagt die Gucki also jetzt: „Ein Weib und eine Henn – nichts Blöderes ich kenn"? Also: Erstens hört es eh keiner außer dem Turrini, weil sie ja in ihrem Auto sitzt und in halsbrecherischem Tempo durch den Schneematsch schlittert – und zweitens hat das Fräulein Ehrenmüller wirklich was von einem Hendl. So, wie sie immer dahertrippelt und ruckartig den Kopf bewegt und vor sich hingackert, wundert es einen direkt, dass sie keine Eier legt. Das Fräulein Ehrenmüller – auf die Anrede *Fräulein* legt sie nämlich Wert – ist in St. Anton eine wichtige Persönlichkeit. Nicht nur, dass sie Volksschullehrerin im Ruhestand ist – sie sitzt im Pfarrgemeinderat, ist Obfrau der Katholischen Frauenbewegung sowie der Goldhaubengruppe, singt im Kirchenchor und ist seit Jahrzehnten Ortsberichterstatterin der *Mühlviertler Nachrichten*.

Jetzt sollte man meinen, dass eine alte Tratschen wie das Fräulein Ehrenmüller die ideale Ortsberichterstatterin ist, weil sie ja alles weiß, was in der Gemeinde so vor sich geht. Ist sie aber nicht. Ihr Interessensgebiet ist nämlich nicht die Wirklichkeit, sondern die Möglichkeit. Also: Vermutungen, Verdächtigungen, Gerüchte. Fakten interessieren das Fräulein Ehrenmüller eher nur am Rand. Aber ganz ohne Fakten kommt keine Zeitung aus. Nicht einmal die *Mühlviertler Nachrichten*. Drum hat auch die Gucki so eine Wut auf die Ehrenmüllerin: weil sie zwar auf Anhieb ein halbes Dutzend Leute gewusst hat, die als Mörder in Frage kommen, aber sonst halt so gut wie gar nichts. Und trotzdem nicht mehr aufgehört mit dem Reden: wie ein Wasserfall! Normalerweise hätte die Gucki in so einem Fall gesagt: „Das ist aber wirklich interessant, was Sie da erzählen, Fräulein Ehrenmüller! Ich werde der Sache nachgehen. Einen schönen Dank noch!" Und dann schnell den Telefonhörer aufgelegt und die ganze Geschichte sofort vergessen. Sie war auch schon fast so weit. Aber da hat dann die Ehrenmüllerin ihren Trumpf ausgespielt: „Jetzt halten Sie sich gut an, Fräulein Wurm! Wissen Sie, wer das Opfer ist? Wissen Sie, wer das Mordopfer ist? Also, Fräulein Wurm, das ist ja so grauenhaft, dass ich es am liebsten gar nicht sagen tät!"

Weil sie es aber schließlich doch gesagt hat, sitzt die Gucki jetzt im Auto und hat vor lauter schnell-schnell sogar ihre Zigaretten im Büro liegen lassen. Wo sie doch eh so nervös ist. Weil sie sich Hoffnungen auf einen Aufmacher macht.

Aufmacher nennt man die Schlagzeile auf der ersten Seite von einer Zeitung. Die soll möglichst reißerisch sein: damit die Leute neugierig werden und die Zeitung aufmachen. Beziehungsweise: damit sie ihr Geldbörsel aufmachen und die Zeitung kaufen. Das kommt aber bei den *Mühlviertler Nachrichten* sowieso kaum vor. Die *Mühlviertler Nachrichten* werden nämlich hauptsächlich abonniert. Meistens, weil es sich die Oma halt einbildet. Weil die Oma die *Mühlviertler Nachrichten* halt schon gewöhnt ist. Selbst wenn die Oma einmal sterben sollte, heißt das noch lang nicht, dass die *Mühlviertler Nachrichten* dann abbestellt werden. Erstens aus Pietät wegen der Oma. Und zweitens sind die *Mühlviertler Nachrichten* zum Einheizen viel besser als wie die ganzen glanzerten Werbeprospekte. Und drittens wird man ja selber auch nicht jünger: Und vielleicht schaut man dann selber auch einmal in die *Mühlviertler Nachrichten* hinein, wenn einem zeitlang ist in der Pension.

Warum hat dann die Gucki den Ehrgeiz, in so einer Zeitung einen Aufmacher zu kriegen? Ganz einfach: Weil das ihre einzige Chance ist, von den *Mühlviertler Nachrichten* wegzukommen. Wenn sie sich nämlich bei einer anderen – also: bei einer richtigen – Zeitung bewerben will, muss sie zumindest ein paar Aufmacher-Geschichten herzeigen können. Interessante Geschichten halt. Nur kriegt sie die nicht. Normalerweise. Weil normalerweise pickt sich die Hatzl alle interessanten Geschichten heraus. Das ist der Gucki ihre Chefin, die Redaktionsleiterin. Und wenn die einmal nichts zusammenbringt, bleibt der Aufmacher dem Fritz. Der Schwaiger Fritz ist der Gucki ihr Kollege. Der ist schon so lange im Geschäft, dass er aus jedem Lercherlschas einen Aufmacher macht. Der macht im Notfall aus einem harmlosen Verkehrsunfall mit Blechschaden: *Ost-Rostschüsseln als rollende Bomben.* Drum hat es die Gucki in einem ganzen Jahr bei den *Mühlviertler Nachrichten* erst zu einem einzigen Aufmacher gebracht. Und mit dem kann sie sich auch nirgends bewerben. Weil er nämlich *Schleimige Invasion im Gemüsegarten* gelautet hat. Weil da kann man noch so seriös recherchieren und noch so brillant schreiben – aus einer Schneckenplage wird einfach keine Geschichte, die die Leute vom Hocker reißt.

Da ist ein Mord schon ganz was anderes! Allein schon wegen dem Seltenheitswert. Bei uns – da ist es ja nicht so wie in der Stadt, dass Morde praktisch am Fließband produziert werden. Bei uns ist ein Mord sozusagen noch Handarbeit. Da ist ein Mord so selten, dass im Wirtshaus oft stundenlang über einen Mord geredet wird, der schon zwanzig, dreißig Jahre her ist. Eh klar, dass sich die Gucki da Hoffnungen auf einen Aufmacher macht! Was heißt da Hoffnungen? Mit ihrem Mord hat sie den Aufmacher eigentlich schon in der Tasche. Und dass es wirklich ein Mord ist – da ist sie sich sicher. Hundertpro! Wegen dem Harry. Der ist nämlich das Mordopfer. Weil einer, der von einem Tag auf den anderen verschwindet und ein halbes Jahr wie vom Erdboden verschluckt ist, der taucht dann nicht plötzlich wieder auf, um an einer Lungenentzündung zu sterben.

Ganz genau kann sich die Gucki noch erinnern: Harald Baum, Jungbauer, 30 Jahre, Hochzeit schon geplant, auf einmal spurlos verschwunden, kein Motiv, kein Abschiedsbrief, kein Garnix! Drei Wochen später wird das Auto in Budweis gefunden, aber sonst nicht der geringste Hinweis. Gleich zwei Aufmacher hat die Hatzl damals aus der Geschichte herausgeholt! Hat zuerst die Gucki recherchieren lassen und ist dann selber nach St. Anton gefahren. Nur diesmal hat die Frau Redaktionsleiterin den Kürzeren gezogen. Diesmal sitzt die Gucki nämlich schon im Auto. Und dann hat sie gegenüber der Hatzl auch noch einen anderen Vorsprung, einen entscheidenden: Sie wohnt in St. Anton. Und dort wird seit einem halben Jahr über nichts anderes geredet als über das Verschwinden vom Harry.

Wenn es die Gucki also schafft bis St. Anton, dann kann ihr auch die Hatzl die Geschichte nicht mehr wegnehmen. Die Frage ist nur, *ob* sie es schafft. Gerade jetzt hat es nämlich wieder angefangen zu schneien. Wobei *schneien* nicht der richtige Ausdruck ist. Eigentlich ist es ein Schneesturm wie im Bilderbuch! Und auf Schnee ist der Gucki ihr Auto zum Vergessen. Das hat sie in diesem Winter schon oft genug feststellen müssen. Was sie da schon zusammengeflucht hat über ihre Kraxen! Und wenn sie nicht so dran hängen tät, weil er ja ein Erbstück vom Opa ist – sie hätte ihren *VW Karman Ghia* schon längst verklopft. Weil Hinterradler, Motor aber vorne. Ist gleich: kein Gewicht auf den Antriebsrädern. Da nützt auch der Sandsack im Kofferraum nicht viel. Aber anscheinend ist es dem *Karman Ghia* klar, dass er diesmal wirklich gegen einen *Allrad* ausgetauscht wird, wenn er sie jetzt im Stich lässt. Wenn auch das Heck in jeder Kurve ausbricht – er kämpft sich tapfer durch den Schnee. Und steht auch schon vor dem Gasthaus *Otter*, während die Gucki im Gasthaus sitzt und sich erleichtert die erste Zigarette anzündet. Aber nicht, dass jetzt einer glaubt, dass die Gucki so ein Suchthaufen ist, dass sie es ohne Zigaretten nicht aushält. Und deswegen in Trilling stehen bleibt und praktisch wertvolle Zeit vergeudet. Natürlich kauft sie sich auch ein Packerl *Gauloises*, wenn sie schon beim *Otter* ist, nur – gekommen ist sie aus einem ganz anderen Grund: wegen der Olga! Weil eine Wirtin erfährt natürlich so allerhand. Und dass die Olga nicht neugierig wäre, kann man auch nicht direkt sagen. Bei der kann sich jeder Journalist und jeder Kriminalist noch ein Scheiberl abschneiden. Wie die die Leute ausquetscht – Zitronenpresse nichts dagegen!

Hat ja die Gucki selber schon mitgemacht. Wie sie das erste Mal zum *Otter* gekommen ist. Da hat die Olga nicht aufgehört mit dem Ausfratscheln, bevor sie nicht ihre ganze Lebensgeschichte gewusst hat. Dass die Gucki ihr Haus vom Opa geerbt hat. Schon vor ein paar Jahren. Dass sie sich nie um das Haus geschert hat. Weil sie ja in Wien studiert hat. Dass sie aber dann auf einmal recht froh war über das Haus. Weil sie die Stelle bei den *Mühlviertler Nachrichten* gekriegt hat. Dass das Haus ziemlich baufällig war. Weil es eigentlich ein Wochenendhaus war. Weil aber der Opa nach dem Tod von der Oma nicht mehr hergekommen ist. Weil er lieber in seiner Schlosserwerkstatt in Linz geblieben ist. Und so weiter!

Dabei hat die Gucki der Olga sowieso nur die Hälfte erzählt. Weil es ja niemanden was angeht, warum sie von einem Tag auf den anderen nicht mehr in Wien wohnt, sondern am Arsch der Welt. In Wirklichkeit ist sie nämlich nicht nur von Wien nach St. Anton übersiedelt, sondern aus allen Wolken gefallen – wie es so schön heißt. Und ziemlich unsanft auf dem Boden der Realität gelandet. Die Gucki hat nämlich jahrelang das schönste Studentenleben geführt und kein bisserl ans Arbeiten und Geldverdienen gedacht. Weil ja immer genug Geld da war. Weil ja der Papa ein Mordstrumm Baufirma gehabt hat. Und dann verunglückt ist. Die Gucki kann sich gar nicht mehr recht an ihn erinnern. Weil sie damals noch ganz klein war. Auf jeden Fall hat er ihnen ein Vermögen hinterlassen, ihr und der Mama. Weil die Baufirma ist verkauft worden – und das Geld sicher angelegt. Immobilien. Das hat alles der Opa gecheckt. Nur ist halt der Opa eines Tages auch gestorben. Damals hat die Gucki schon studiert. In Wien. Die Mama aber in Linz. Allein. Wird ihr halt zeitlang geworden sein. Wird sie halt öfter ins Casino gegangen sein. Wie nämlich die Mama völlig überraschend gestorben ist, hat sich herausgestellt, dass die liebe Mama das ganze Vermögen bis auf den letzten Schilling verklescht hat. Beim Roulette verspielt. Auch das, was eigentlich der Gucki gehört hat. Nur das Wochenendhaus vom Opa ist übrig geblieben.

So was kann man der Olga natürlich nicht erzählen. Außer man will, dass es am nächsten Tag ganz St. Anton weiß. Weil einen ja die Olga nicht nur aus persönlicher Neugier ausfratschelt. Weil sie halt einmal für ihr Leben gern Geschichten erzählt. Und gut können tut sie es auch – das muss man ihr lassen! Weil sie es spannend macht. Weil sie nicht einfach nur erzählt: Das war so, und das war so – und das war es dann. Sie lässt keine noch so winzige Kleinigkeit aus – wie das Wetter oder die Verwandtschaftsverhältnisse oder was einer getrunken hat – und kommt dabei vom Hundertsten ins Tausendste. Aber zum Schluss kommt man dann drauf, dass diese scheinbaren Nebensächlichkeiten letzten Endes doch eine Rolle spielen. Wie wenn man zuerst nur lauter verwurstelte Wollknäuel sehen tät – und dann auf einmal den fertigen Pullover.

„Angefangen hat alles damit, dass gestern mitten im schönsten Kaffeetrinken auf einmal das Telefon läutet." So hat die Olga angefangen. Wenn aber die Olga einmal anfangt mit dem Erzählen, dann hört sie so schnell nimmer auf. Da hockt man dann da und hört zu und hört zu – und merkt überhaupt nicht, dass man ein Bier nach dem anderen trinkt. Drum hat jetzt auch die Gucki ihr zweites Bier schon fast ausgetrunken – und die Olga ist noch immer zu keinem Ende gekommen. Aber nicht nur, weil sie der Gucki auch erzählt hat, was es für eine Mehlspeise zum Kaffee gegeben hat und auch gleich noch das Rezept von der Malakofftorte, sondern weil die Geschichte vom Harry wirklich nicht so einfach ist. Nicht wie bei einem Pullover – zwei glatt, zwei verkehrt –, sondern mehr wie bei einem ganz einem komplizierten Teppich, wo man lang hinschauen muss, bis man überhaupt ein Muster erkennt. Weil das Wiederauftauchen vom Harry – besser gesagt: von seiner Leiche – war ja wirklich noch rätselhafter als wie sein Verschwinden.

Wie nämlich das Telefon geläutet hat – beim Otter sitzen sie wie schon gesagt, beim Kaffee –, war es der Wimmer Karl. Mordsmäßig aufgeregt war er. Und hat gleich den Sepp haben wollen. Und der war dann auch gleich recht aufgeregt und hat seine Malakofftorte stehen lassen und herumtelefoniert wie ein Wilder. Weil der Otter Sepp ist ja nicht nur mit Leib und Seele Wirt, sondern womöglich mit noch mehr Leib und auf jeden Fall mit noch mehr Seele ist er Jäger. Und als Jagdleiter muss er natürlich sofort alle Kameraden zusammentrommeln, wenn der Wimmer Karl gleich ein paar Sauen gesehen hat. Weil so viele Sauen gibt es bei uns auch wieder nicht. Und schwer zum Erwischen sind sie auch! Das soll man gar nicht meinen, wie schnell die wieder weg sind! Aber so eine Wildsau bringt an einem Tag leicht dreißig, vierzig Kilometer zusammen. Gut, dass Sonntag war und Nachmittag: Da waren die meisten Jäger daheim. Trotzdem hat es eine geschlagene Stunde gedauert, bis alle beisammen waren. Die meisten haben sich nämlich noch umziehen müssen. Weil da sind die Jäger schon komisch: Ohne grünes Gewand wird nicht auf die Jagd gegangen. Manche gehen ja ohne grünes Gewand nicht einmal ins Wirtshaus. Und wie dann alle beim *Otter* waren, hat man noch ausführlich über die Jagdstrategie reden müssen. Und dabei schnell ein, zwei Bier trinken. Und wie es dann endlich losgegangen ist, ist auch schon die Dämmerung hereingebrochen. Weil es halt im Winter schon recht bald finster wird. Bis sie dann aber in Steining waren und den Wald umstellt haben, wo die Wildsauen drin waren, hat man wirklich nicht mehr viel gesehen. Da war es dann auch kein Wunder, dass man den Harry mit einem Kopfschuss gefunden hat.

III

„Wer nix lernt und auch nix kann, der geht zur Post und auch zur Bahn!" Das sagt aber jetzt nicht die Gucki, sondern der Prandegger Mandi. Und auch nicht im Gasthaus *Otter* in Trilling, sondern im Gasthaus *Weiß* in St. Anton. Praktisch ein Schauplatzwechsel. Von einem Wirtshaus ins andere.

Drum trinkt die Gucki jetzt lieber doch einmal einen Kaffee. Hat eh schon zwei Bier intus. Hat aber wirklich geholfen: wie weggeflogen, das Schädelweh! Und den Mandi hat sie auch auf Anhieb gefunden. Ganz im Gegensatz zu den anderen Journalisten! Sie hat nämlich die Autos gesehen. Vor dem Mandi seinem Haus. Lauter Linzer Kennzeichen. Da können sie warten, bis sie schwarz werden! Das ist aber nur so eine Redensart. Das hängt nicht damit zusammen, dass der Mandi Rauchfangkehrermeister ist. Dass er am Vormittag gern im Wirtshaus sitzt, schon. Weil als Rauchfangkehrermeister kann er sich das leisten. Und heute erst recht! Weil ihm dieses Reportergesindel die Tür einrennt. Hat er sich einfach ins Auto gesetzt – und auf und davon! Die Reporter natürlich hinten nach. Die hat er aber abgehängt! Weil ja die Linzer alle miteinander nicht Autofahren können. Und weil er sie auf die ärgsten Schleichwegerl gelockt hat. Und dann gemütlich nach St. Anton zurück und das Auto hinter dem *Weiß* abgestellt. Dass man die Autonummer nicht sieht: *FR – MANDI 1.*

Bei der Gelegenheit muss aber wirklich einmal was über diese Autonummern gesagt werden. *Wunschkennzeichen* heißen sie. Weil man sich wünschen darf, was draufsteht. Es dürfen halt nicht mehr als wie fünf Buchstaben sein – und dann noch eine Zahl. Meistens steht eh nur der Name vom Autobesitzer oben. Eben *FR – MANDI 1.* Die, die Franz oder Fritz heißen, haben es bei uns noch schöner: Da heißt es dann *FR – ANZ 1* oder *FR – ITZ 1.* Weil ja *Bezirk Freistadt* mit *FR* abgekürzt wird. Oder es steht ein Kosename oben. Wie zum Beispiel *FR – HASI 1.* Oder es hängt mit der Firma zusammen. Wie beim Tischler von St. Anton. Bei dem heißt es: *FR – HOLZ 1.* Oder es hat was mit dem Hobby zu tun. *FR – JAGA 1* – das ist natürlich der Otter Sepp. Und dann gibt es auch noch ein paar, die sich mit den Buchstaben eine Gaudi machen. Sagen wir einmal: *FR – UST 1.* Weil *UST* ist ja die Abkürzung von *Umsatzsteuer.* Und bei der hat ein jeder einen Frust – außer er zahlt keine. Weil es *schwarz* geht. Oder *im Pfusch*. Aber von dem fang ich jetzt gar nicht an! Das tät zu weit führen. Weil: Was bei uns Steuer hinterzogen wird – da könnte man ja ganze Romane schreiben! Und außerdem wird man sich sowieso schon längst fragen, warum ich das mit den Wunschkennzeichen gar so aufbausche. Warum ich nicht endlich erkläre, was der Prandegger Mandi mit der ganzen Geschichte zu tun hat. Nicht vielleicht wegen dem Geld, das die Leute für so ein Wunschkennzeichen hinausschmeißen! Immerhin 2.000 Schilling. Aber das Geld ist mir völlig wurscht! Geld schmeißen die Leute auch für einen anderen Blödsinn hinaus. Mir geht es um was ganz was anderes: dass nämlich ein jeder die Nummer 1 sein will! Das gibt mir schon ein bisserl zu denken: Wo kommen wir da noch hin, wenn ein jeder nur mehr die Nummer 1 sein will?

Normalerweise ist der Prandegger Mandi auch gern die Nummer 1. Sonst wäre er nicht Bezirksrauchfangkehrermeister, Kommandant der Freiwilligen Feuerwehr St. Anton und Obmann der Jagdhornbläser. Aber eben nur *normalerweise*. Im Moment ganz und gar nicht. Da wäre er viel lieber eine ganz eine unscheinbare Nummer. Weil er nämlich im Gasthaus *Weiß* sitzt, dass er seine Ruhe hat – und nicht, dass er sich vom Schipany anstänkern lasst! Drum hat er ja auch gesagt: „Wer nix lernt und auch nix kann, der geht zur Post und auch zur Bahn!" Damit ist nämlich der Schipany Bertl gemeint. Weil er Briefträger ist. Weil er wirklich nicht recht viel gelernt hat. Genauer gesagt: Ein paar Mal ist er sitzen geblieben in der Volksschule – und dann Hilfsarbeiter – und dann zur Post. Drum fühlt sich der Bertl auch angesprochen. Drum kriegt er auch einen roten Schädel. Drum sagt er auch: „Mit einem Mörder mag ich sowieso nicht an einem Tisch sitzen!" Und trinkt aus und geht.

Auf das hat aber die Gucki nur gewartet: dass sie endlich allein ist mit dem Mandi! Aber nicht, weil er der Mörder vom Harry ist. Dann tät es ja auch gar nicht gehen. Weil dann hätten sie den Mandi ja gar nicht mehr ausgelassen. Weil festgenommen haben sie ihn eh. Und verhört. Die halbe Nacht! Bis dann das Gutachten gekommen ist. Vom Gerichtsmediziner. Weil da ist dann schwarz auf weiß drinnengestanden, dass der Mandi gar nicht der Mörder sein kann. Weil man eine Leiche nämlich nicht ermorden kann. Weil: Wie ihn die Kugel vom Mandi mitten in die Stirn getroffen hat, da war der Harry nämlich schon mausetot.

Trotzdem ist der Mandi natürlich fertig mit den Nerven. Und heilfroh, dass dieser lästige Schipany endlich weg ist. Dass sie endlich allein sind. Er und das Mädel. Weil: Wie sie ihn jetzt anschaut – so warmherzig und verständnisvoll – da vergisst er doch glatt, dass sie eigentlich auch eine Reporterin ist. Und lässt sich einfach hineinfallen in diese bernsteinfarbenen Augen – ein Braun, so unergründlich und tief wie das Wasser der Aist! Und schon hat er seine Hand auf ihren Oberschenkel gelegt – und schon kommt, was ganz einfach kommen muss. Aber nicht das, was jetzt vielleicht einer denkt! Der Mandi belästigt die Gucki nicht – der Mandi weint. Richtig herausbrechen tut es aus ihm: wie bei einem Wolkenbruch! Dass er jetzt seit 35 Jahren auf die Jagd geht. Dass er noch nie wen angeschossen hat – nicht einmal einen Treiber! Dass er sein Gewehr gar nicht mehr anschauen kann. Geschweige denn angreifen! Dass er das Jagen aufgibt. Dass er überhaupt alles aufgibt: den Kommandanten, den Obmann und den Bezirk! Dass er in Pension geht. Oder soll er sich lieber gleich erschießen?

Gott sei Dank war dem Mandi sein Katzenjammer aber auch genauso schnell wieder vorbei wie ein Wolkenbruch.

Die Gucki hat ihm nur ein bisserl gut zureden müssen – dann hat er sich auch schon ordentlich geschnäuzt, der Wirtin geschrien und die Gucki auf ein Bier eingeladen. Und ihr alles feinsäuberlich erzählt. Wie ihn fast der Schlag getroffen hätte: wie da auf einmal keine Wildsau liegt, sondern ein Mensch. Wie er sich noch gewundert hat, dass der Mann mitten im Winter ein Sommergewand anhat. Wie er auf einmal den Harry erkannt hat. Wie er dann das Loch in der Stirn gesehen hat. Wie ihm schlecht geworden ist. Wie dann der Doktor gekommen ist. Und die Gendarmen. Wie der Pointner Hans schließlich gesagt hat: „Herr Prandegger, ich muss Sie leider vorläufig festnehmen!" Wie ihm da schlagartig klar geworden ist, dass er ein Mörder ist. Weil der Hans *Sie* gesagt hat. Obwohl sie normal per *Du* sind. Weil bei uns sind eigentlich alle per Du. Wie ihm schwarz vor den Augen geworden ist. Und so weiter und so fort. Bis zum gerichtsmedizinischen Gutachten. Fraktur der Wirbelsäule. Was nichts anderes heißt, als dass sich der Harry das Kreuz gebrochen hat. Trotzdem hat sich der Mandi das mit der Fraktur gemerkt. Weil das der Beweis für seine Unschuld war. Zumindest für die Kriminalbeamten. Für die Jäger sicher nicht. Da wird die Geschichte noch ein Nachspiel haben. Von wegen Fahrlässigkeit. Das Mindeste, aber auch schon das Allermindeste, was ihm blüht, ist eine strenge Verwarnung. Wenn sie ihm den Jagdschein nicht gleich zupfen. Bevor aber der Mandi noch so richtig ins Sudern kommen kann, ist die Gucki auch schon weg. Weil sie jetzt auf einmal ganz dringend zum Doktor muss. Ist ihr am Ende schlecht geworden beim Mandi seiner Geschichte? Wunder wär es ja keines: zwei Bier, ein Kaffee, wieder ein Bier, Zigaretten auch eine nach der anderen – und noch dazu filterlose – und das alles auf nüchternen Magen! Und am Vortag um drei in der Früh ins Bett. Aber kein bisserl nüchtern!

Mit ihrem Magen ist aber anscheinend alles in Ordnung. Sonst tät ihr der Doktor Munz jetzt nicht die Lunge abhorchen. Wird ihm eh lieber sein. Weil ja die Gucki unter dem Rollkragenpullover keinen BH anhat und weil ihr Busen wirklich sehenswert ist. Der springt einem ja schon ins Auge, wenn sie was anhat. Weil Beruf hin, Beruf her – auch einem Doktor wird ein schöner Busen besser gefallen als wie ein schiacher. Sonst wär er ja kein Mann. Nur: Anmerken lassen darf er sich halt nichts. Drum tut er gleich auch recht streng und redet der Gucki ins Gewissen. Wegen dem Rauchen. Weil sie eine ordentliche Bronchitis hat. Aber die hat sie eigentlich immer im Winter. Und wegen dem ist sie eigentlich auch gar nicht gekommen. Gekommen ist sie nur, weil der Doktor Munz gestern den Harry untersucht hat. Besser gesagt: dem Harry seine Leiche. Also fragt die Gucki zum Spaß, ob der Harald Baum leicht gar an einer Bronchitis gestorben ist. Ist jetzt der Doktor natürlich in einer Zwickmühle: einerseits ärztliche Schweigepflicht – andererseits ausgesprochen charmante Patientin. Weil die hat es mit dem Rollkragenpullover-Anziehen überhaupt nicht eilig.

Aber ganz umsonst hat so ein Doktor auch nicht studiert. Drum zieht er sich elegant aus der Affäre und sagt zuerst, dass er ihr nichts, aber auch schon absolut gar nichts gesagt hat – und dann sagt er ihr, was sie wissen will. Beziehungsweise: Er sagt ihr, was er weiß. Die Todesursache weiß er nämlich auch nicht. Genauso wenig wie den Zeitpunkt des Todes. Das Einzige, was er mit Sicherheit sagen kann, ist, dass der Harry schon länger tot sein muss. Mindestens zwei, drei Monate. Dass aber die Leiche rein äußerlich trotzdem so gut erhalten ist, wie wenn er erst gestern gestorben wäre. Wie wenn man den Harry konserviert hätte. Jetzt hätte die Gucki nicht fragen dürfen, wie denn der Doktor das so genau sagen kann. Denn kaum hat er ihr erklärt, wie er da dahintergekommen ist, hat sie auch schon ruck-zuck ihren Rollkragenpullover anziehen müssen und rennen. Mit Ach und Krach hat sie es noch geschafft bis zur Haustür. Dann hat sie aber auch schon gespieben, dass es nicht mehr feierlich war. Direkt auf dem Doktor Munz seine Rosensträucher. Das hat er jetzt davon, dass er ihr das auch so anschaulich schildern muss! Dass sich nämlich bei einer Leiche nach einiger Zeit das Hirn zersetzt und dass dem Harry sein Hirn praktisch bei den Ohren herausgeronnen ist.

Bei der Gucki ist es sogar herausgespritzt: wie bei einem Odelfassl*! Eh klar – nichts Festes im Magen! Der Doktor Munz hat gerade seine Diagnose auf Gastritis erweitern wol-

* Odelfass, auch Adelfass: bes. bayr. und österr. für Jauchenfass.

len – da war die Gucki aber auch schon weg. Nicht einmal Hustentropfen hat er ihr verschreiben können. Geschweige denn, dass er sie ins Kino oder Theater einladen hat können. Weil er nämlich eine Frau gebraucht hätte. Aber nicht nur eine fürs Bett. Auch so. Zum Heiraten halt. Weil er keine Frau gehabt hat. Obwohl: Bei einem Doktor sagt man nicht *Frau*, sondern *Gattin*. Weil ein Doktor ja was Besseres ist. Da heißt dann auch die Frau *Frau Doktor.* Auch wenn sie eine Universität noch nie von innen gesehen hat. Müsste man meinen, dass sich die Frauen nur so darum reißen, Frau Doktor zu werden. Warum hat dann der Munz noch immer keine? Weil: So um die fünfundvierzig wird er jetzt sein – und jünger wird er auch nimmer. Ist er leicht so schiach? Nein, überhaupt nicht! Ein bisserl grau an den Schläfen, aber sonst eine stattliche Erscheinung – wie man so sagt. Warum findet dann so einer keine Frau?

Das ist jetzt gar nicht so leicht zum Erklären. Am besten, ich fang damit an, dass St. Anton 50 Kilometer von Linz weg ist. Eine Stunde mit dem Auto. Praktisch lauter Kurven. Ein Traum für jeden Motorradfahrer! Nur: Leider hat die Frau Magister Moll kein Motorradl gehabt. Und ist daher auch nicht so gern nach St. Anton gefahren. Das war die Verlobte vom Doktor Munz. Mit der Betonung auf *war*. Ist nämlich auch schon wieder zehn Jahre her. Da hat der Munz gerade die Praxis übernommen. Und sich eigentlich recht schnell eingelebt. Die Frau Magister weniger. Die hat nicht so recht gewusst, was sie in St. Anton anfangen soll. Weil

Schwammerlsuchen hat sie nicht wollen – und Tarockieren hat sie nicht können. Und sonst schaut es halt bei uns eher schlecht aus, was die sogenannten Freizeitangebote betrifft. Höchstens noch Zeltfeste. Da gibt es genug. Und Hüttenfeste auch. Aber genau so ein Hüttenfest ist dann dem Doktor Munz zum Verhängnis geworden. In Trilling war es, hoch hergegangen ist es – da hat der Fuzzi auf einmal eine saublöde Idee. Schnappt er sich seinen Fotoapparat – das war eigentlich nur ein blöder Zufall, dass er den mitgehabt hat, weil: Wer nimmt denn schon auf ein Hüttenfest einen Fotoapparat mit? Aber der Fuzzi war ausgerechnet an dem Tag auf Betriebsausflug in der Wachau und hat fleißig Weinkeller fotografiert. Schnappt er also seinen Fotoapparat und kriecht unter den Tisch. Und kriecht weiter und kriecht und kriecht, bis dass er in der Schnapsbar landet. Direkt unter dem Rock von der Frau Magister. Und drückt ab. Gleich ein paar Mal! Dass es unter dem Rock nur so blitzt! Angeblich sind die Fotos sogar was geworden. Dafür ist es mit der Hochzeit vom Doktor Munz nichts geworden. Weil nämlich die Frau Magister keinen Spaß verstanden hat. Und nicht nur das Trillinger Hüttenfest auf der Stelle, sondern auch St. Anton für immer verlassen hat. Seither geht der Fuzzi vorsichtshalber zum Blumenfelder Doktor, wenn ihm was fehlt.

Jetzt könnte man sagen: Das mit den Fotos gehört eigentlich gar nicht hierher. Weil das ja eine ganz eine andere Geschichte ist. Will ich auch gar nicht abstreiten. Aber: Was soll ich denn machen? Ich kann ja auch nichts dafür, dass dem Doktor Munz die Geschichte mit den Fotos gerade jetzt wieder eingefallen ist. Aber nicht, weil die Gucki der Frau Magister Moll so ähnlich schaut: Weil sie so ganz anders ist! Und dass er für das Hobby Rosenzüchten eigentlich noch zu jung ist, denkt er sich auch. Und weil er gar so viel denkt, denkt er überhaupt nicht dran, was sich die Leute denken werden, wenn ihr Doktor mit einem dünnen Manterl und mit Schlapfen im Schneesturm vor dem Haus herumsteht. Man sieht ihn aber eh fast nicht. Praktisch getarnt: weißes Manterl, weißes Hemd, weißes Hoserl, weiße Schlapfen und sogar weiße Socken. Die Haare werden auch schön langsam weiß. Und kalt ist ihm sowieso kein bisserl. Weil ihm vor lauter An-die-Gucki-Denken ganz warm ist.

Der Gucki ist dafür saukalt. Richtig reißen tut es sie, wie sie jetzt durch den Schnee stapft. Warum muss sie aber auch blöd in der Gegend herumrennen, anstatt endlich ihren Aufmacher zu schreiben? Wird schon ihre Gründe haben. Erstens muss der Turrini sowieso schon längst Gassi, wobei *Gassi* natürlich der falsche Ausdruck ist, weil es bei uns ja keine Gassen gibt. Zweitens muss sich die Gucki den Tatort anschauen. Und auch bei *Tatort* bin ich mir nicht so sicher. Weil: Wer sagt denn, dass der Fundort der Leiche gleichzeitig der Tatort ist? Eigentlich kann er es gar nicht sein. Hundertpro! Weil gestern ist der Harry nicht umgebracht worden – und vorgestern hätte die Gucki die Leiche gefunden. Also: die Gucki wahrscheinlich nicht. Wegen dem vielen Schnee. Der Turrini aber bestimmt. Für was ist er denn sonst ein Hund? Die Gucki und der Turrini sind nämlich vor zwei Tagen am Fundort vorbeigekommen. Weil sie da praktisch jeden Tag vorbeikommen. Beim Gassigehen, das – wie gesagt – kein Gassi-, sondern ein Feldwegigehen ist. Weil der Fundort ja ganz in der Nähe von der Gucki ihrem Haus ist. In Steining. Das ist ein Dorf, das aber kein richtiges Dorf ist, sondern lauter alleinstehende Häuser. Ein paar Bauernhäuser und der Gucki ihr Wochenendhaus, das jetzt kein Wochenendhaus mehr ist. Eher umgekehrt – ein Wochentagshaus. Weil die Gucki am Wochenende öfter nach Wien fährt.

Gestern war sie aber nicht in Wien. Da war sie mit dem Turrini beim Fundort. Und ist sogar stehen geblieben. Und hat sogar noch ein Foto gemacht. Weil es so ein entrisches* Bild war. Ist da auf einmal so eine Art Galgen aufgestellt. Einfach zwei Latten im rechten Winkel zusammengenagelt, und dann noch eine dritte in einem Winkel von 45 Grad. Damit es auch hält. Und an dem Galgen baumelt eine tote Krähe. Mit dem Kopf nach unten. Trotzdem schaut es aus wie eine öffentliche Hinrichtung. Sozusagen abschreckendes Beispiel. Nur: warum? Ich mein: Für was braucht man im Winter eine Vogelscheuche? Gibt ja nichts, was die Krähen fressen könnten. Nur Schnee. Die Siloballen, die für die Gucki normalerweise ein vertrauter Anblick sind, weil sie

* entrisch: gruselig, unheimlich

schon seit dem Sommer dort liegen, sind so verschneit und so verweht, dass sie auf einmal wie ein Lindwurm ausschauen. Den hat die Gucki auch fotografiert. Gleich ein paar Mal. Die Siloballen hat die Gucki sowieso schon öfter fotografiert. Auch schon im Sommer. Weil sie so was Unwirkliches haben. Praktisch Fremdkörper in der Landschaft. Die Form ist es aber nicht, dass sie nicht herpassen. Weil da gibt es Steine auch, die so ausschauen: so ein Zylinder, bei dem die Kanten abgerundet sind. Eher das Material: das Plastik, das da herumgewickelt ist. Weil es ausschaut, wie wenn es so spannen tät, wie wenn es den Siloballen jeden Moment zerreißen tät. Und dann natürlich die Farbe: So ein komisches Grün, dass man es gar nicht beschreiben kann. Am ehesten noch: gespieben. So blassgrün wie einer im Gesicht ist, der kurz vor dem Speiben steht. Irgendwie eine Leichenfarbe. Ich mein: Ich will ja nichts sagen gegen die Siloballen, weil sie ja schon recht was Praktisches sind. Nur: Jetzt gibt es sie schon seit mehr als zehn Jahren – und ich kann mich noch immer nicht an die Silobinkel gewöhnen! Weil bei uns heißt es *Silobinkel*. Weil natürlich kein Mensch *Ballen* sagt. *Binkel* klingt ja auch irgendwie freundlicher. Trotzdem kann ich mich nicht damit anfreunden.

Der Turrini anscheinend auch nicht. Der bellt wie ein Wilder und ackert im Schnee herum, als wären die Silobinkel wirklich ein Lindwurm – und er der Heilige Ritter Georg, der die Gucki vor diesem Monster beschützen muss. Muss die Gucki natürlich lachen. Weil sie manchmal wirklich ein bisserl von einem Ritter träumt. Halt von einem, der sie aus ihrem ganzen Schlamassel herausreißt: dass sie für diese depperten *Mühlviertler Nachrichten* schreiben muss, dass sie sich ununterbrochen von dieser depperten Chefin sekkieren lassen muss, dass sie mit dieser depperten Diplomarbeit über den Turrini nicht fertig wird, dass sie nicht weiß, wie sie diesen depperten Altbausanierungskredit zurückzahlen soll, dass dieser depperte Hund nicht folgt, dass überhaupt alles aussichtslos ist. Da ist es dann wirklich kein Wunder, dass sie hie und da ein bisserl ins Träumen kommt. So – von wegen eine starke Schulter, an die man sich anlehnen kann. Nur war halt weit und breit kein Ritter in Sicht. Weil ins Gasthaus *Otter* verirrt sich keiner – und auf ein Zeltfest oder Hüttenfest auch nicht. Und in die Meierhansl-Hütte, in der sie jeden Sonntag und jeden Dienstag tarockiert, schon gar nicht. Dort gab es zwar Männer zum Saufüttern – und alle nicht verheiratet – und alle auf der Suche nach einer Frau – nur: Was die suchen, ist keine lustige Journalistin, die Kartenspielen kann, sondern eine tüchtige Bäuerin, die einen Nebenerwerbshof bewirtschaften kann. Und außerdem: Bei der Gucki traut sich sowieso keiner so recht. Weil die Gucki halt doch anders ist. Nicht nur, weil sie eine Studierte ist. Auch weil es einem das Beuschel herausreißt, wenn man einmal bei der *Gauloises filterlos* anzieht, die die Gucki immer raucht. Da muss einer schon recht einen Rausch haben, dass er zudringlich wird. So wie gestern der Joe. Hat ihr ein bisserl auf den Busen gegriffen. Ist aber dann eh gleich eingeschlafen. Im Sitzen.

Die Watschen, die ihm die Gucki vorher noch gegeben hat, hat er wahrscheinlich nicht einmal recht gespürt. Obwohl: Die Gucki kann ordentlich zuhauen! Weil geklescht hat es ärger, wie wenn der Fuzzi „Schuss!" sagt. Und der drischt dabei so auf den Tisch, dass die Gläser wackeln. Aber das hab ich eh schon erzählt.

Und dann hat die Gucki jetzt auch wirklich was Besseres zu tun, als an Männer zu denken. Weil es ihr schon wieder den Magen hebt. Weil es auf einmal so stinkt. So ein eigenartig süßlicher Geruch. Ein bisserl wie Zuckerwatte. Nur: Wo soll denn da mitten am Arsch der Welt eine Zuckerwatte herkommen? Wahrscheinlich bildet sie sich das nur ein. Außerdem wird es jetzt wirklich höchste Zeit, dass sie in die Redaktion kommt. Also hoppauf! Die Gucki pfeift – der Turrini kommt nicht. Das allein wäre noch nichts Besonderes. Weil der Turrini grundsätzlich nur kommt, wenn es ihm passt. Weil ihn die Gucki halt verzogen hat. *Vermodelt* heißt das bei uns. Nur: Normalerweise schaut ihr Turrini-Burli wenigstens her, wenn sie pfeift: Ob sich das Folgen auszahlt. Ob das Frauli vielleicht ein Fressi in der Hand hat. Weil das Frauli immer ein Fressi eingesteckt hat. Heute – zum Beispiel – eine getrocknete Rindslunge. In der Außentasche von ihrer Fliegerjacke. Das ist so eine kurzgeschnittene schwarze Lederjacke mit einem Kragen aus weißem Lammfell. Die ist auch vom Opa. Der war nämlich Jagdflieger. Und die Fliegerjacke war neben einem Bauchschuss das Einzige, was ihm vom Krieg geblieben ist. Dementsprechend stolz war er auch auf seine zwei Erinnerungen. Wenn der wüsste, wie seine Jacke jetzt riecht! Weil sie nämlich gotterbärmlich stinkt. Nach Hundefutter. Vielleicht kriegt die Gucki nur deswegen keinen Mann?

Aber lassen wir die Spekulationen! Beim Turrini waren wir. Der nicht nur nicht folgt, sondern auch nicht einmal herschaut. Weil er wie ein Narrischer im Schnee herumbuddelt. Bleibt der Gucki gar nichts anderes über, als dass sie hingeht. Wie sie aber näher kommt, wird ihr klar, dass sie sich das mit der Zuckerwatte nicht nur eingebildet hat. Ich mein: Zuckerwatte ist es natürlich keine, aber stinken tut das Silofutter genauso. Und der Turrini muss sich jetzt auch noch in diesem stinkenden Zeug herumwuzeln! Das macht er grundsätzlich. Je mehr was stinkt, umso lieber ist es ihm! Am liebsten rennt er daher hinter einem Miststreuer her oder hinter einem Odelfassl. Und dann wuzelt er sich auch schon im ärgsten Dreck – und die Gucki kann ihn wieder baden! Nur: Das macht er ja nicht zufleiß – das machen die meisten Hunde. Die Gucki hat sogar beim *Otter* groß angekündigt, dass sie Odel in Hundeparfüm-Flascherl abfüllen und sauteuer verkaufen wird. Das war aber natürlich nicht ernst gemeint. Weil die Produktbezeichnung *Eau de toilette* wäre dann doch zu doppeldeutig. Trotzdem erzählt das Fräulein Ehrenmüller bis zum heutigen Tag herum, dass die Gucki angehende Parfumfabrikantin ist. Das tut die Gucki überhaupt gern: so ein bisserl die Leute pflanzen. Für das ist ihr nichts zu blöd! Hat sie doch tatsächlich knapp unter dem Dach an die Mauer von ihrem Haus einen alten Holzkorb montiert. Und mitten in den Korb einen Schneebesen hineingesteckt. Hat auch nicht lang gedauert, bis man sie darauf angeredet hat. Und ein paar hat es wirklich gegeben, die die Geschichte vom biologischen Fernsehprogramm aus Schweden sogar geglaubt haben. Weil so ein Holzkorb wirklich eine gewisse Ähnlichkeit mit den Satellitenschüsseln hat, die heutzutage auch bei uns ein jedes Haus verschandeln. Von den Hirnen, die damit verschandelt werden, will ich jetzt gar nicht reden!

Weil nämlich der Turrini jetzt was gefunden hat. Hat auf einmal mit dem Herumwuzeln aufgehört und mit dem Graben angefangen. Aber nicht in der Erde, weil das tät ja gar nicht gehen, weil gefroren, sondern im Silofutter. Und tatsächlich was gefunden. Nämlich dem Harry sein Geldtaschl. Hat die Gucki natürlich gesagt: „Braves Hundi!" Und dann: „Such!" Vielleicht findet er noch was? Und wirklich! Weil so ein Hund hat ja eine extreme Spürnase. Weil aber die Gucki auch eine extreme Spürnase hat, heißt der nächste Aufmacher der *Mühlviertler Nachrichten: Indiz für Todeskampf – Die Uhr des Mörders!* Und drunter ein Foto von der Uhr, die der Turrini gefunden hat: eine Herren-Armbanduhr mit einem abgerissenen Lederbandl.

IIII

„Wer viel sudert, wird nicht pudert!", sagt man bei uns normalerweise zu einer Frau. Weil normalerweise sind es ja die Frauen, die sudern. Genauer gesagt: die Ehefrauen. Die sudern schon gern. Meistens wegen dem Fortgehen. Beziehungsweise wegen dem darauf folgenden Nicht-Heimkommen oder dem damit verbundenen Trinken. Oder halt aus irgendeinem anderen Grund. Oder auch nur aus Gewohnheit.

Trotzdem sagt jetzt die Gucki „Wer viel sudert, wird nicht pudert!" zu einem Mann. Der Otto Rammer ist nämlich nicht nur Major der Kriminalabteilung des Landesgendarmeriekommandos Oberösterreich, sondern auch ein ziemlicher Suderant. Seit einer geschlagenen Stunde sudert er sie jetzt schon an. Von wegen Unterschlagung von Beweismitteln. Dabei hat sie ihm die Uhr eh schon gegeben. Und das Geldtaschl auch. Was will er denn noch? Soll sie ihm vielleicht auch noch den Mörder aushändigen?

Ich mein: Man muss natürlich auch den Major Rammer verstehen. Da hat er einen Mordfall – und hinten und vorn keine Spur – und dann kommt auf einmal so eine kleine Journalistin daher und schreibt wortwörtlich: *Schlampige Erhebungen der Kriminalpolizei!* Damit ist *er* gemeint. Weil das *sein* Fall ist. Hätte er vielleicht den Schnee mit bloßen

Händen durchwühlen sollen? Er hat ja nicht einmal aus dem Auto aussteigen können, weil er nur Halbschuhe angehabt hat. Das hat er seinem Chef natürlich nicht erzählt: dass er nicht einmal hingegangen ist zu den Siloballen. Überhaupt: Scheiß-Siloballen! Die hat er total übersehen! Drum hat er sich nicht erklären können, wo die Leiche herkommt.

Die Gucki schon. Dabei hat der Major Rammer den Mandi fünf Stunden verhört – und die Gucki nur eine halbe Stunde. Trotzdem war es die Gucki, der der Mandi das mit den Wildsauen erzählt hat. Dass so ein paar Wildsauen im Notfall auch einen Silobinkel zerfetzen. Wenn sie recht einen Hunger haben. Und wenn sie das Silofutter riechen. Wenn praktisch der Silobinkel nicht mehr dicht ist. Wenn ihn vorher die Krähen aufgepeckt haben. Die machen das gern. Eigentlich alles watscheneinfach. Nur: Draufkommen muss man zuerst einmal! Gell?

Und der Otto Rammer ärgert sich natürlich grün und blau, dass er da nicht draufgekommen ist. Diese blöde Tussi aber schon. Und jetzt wird sie frech auch noch? Und noch dazu vor dem Kollegen Bürstinger! Wenn der das weitererzählt in der Kantine, dann kann er sich von der ganzen Kriminalabteilung auslachen lassen! Und schon ist ihm die Hand ausgerutscht. Eh nicht fest. Ich mein: Ein bisserl weiß ist die Gucki jetzt schon im Gesicht. Dort, wo der Abdruck von seinen Fingern ist. Bevor aber diese Flecken noch rot werden können, hat der Turrini den Rammer auch schon in der Reißen. Das tät man so einem kleinen Hund gar nicht zutrauen, wie sich der in ein Wadl verbeißen kann. Da kann der Herr Major herumhaxeln, wie er will – der Turrini lässt nicht locker! Auch der Gucki gelingt es nur mit Ach und Krach, ihn wegzureißen. War aber höchste Zeit! Weil der Herr Major nämlich schon die Panik gekriegt hat. Und schon seine Pistole gezogen hat.

Dabei war alles halb so wild. Sicher, die neue Hose war hin. Aber sonst war nicht viel zu sehen. Nur die Abdrücke von den Fangzähnen. So violette Flecken mit einem Tropfen Blut in der Mitte. Aber ein Indianer kennt keinen Schmerz – und ein Major der Kriminalabteilung schon gar nicht. Dass ihn dieser kleine Hund gebissen hatte, war nicht schlimm. Schlimm war vielmehr, dass ihn diese kleine Journalistin jetzt zerfleischen würde. Auf jeden anderen hätte er hinhauen dürfen. Bei jedem anderen hätte sein Chef ein Auge zugedrückt. Oder auch zwei. Nur bei der blöden Tussi nicht! Aber nicht, weil sie eine Frau war: Weil sie eine Journalistin war! Er sah schon die Schlagzeile vor sich: *Kripo-Beamter brutaler Schläger!* Und dann eine Schauergeschichte, in der das Blut nur so herumspritzt. Weil Nasenbluten hat diese blöde Tussi jetzt auch noch. Und *er* ist der Böse! *Major R.* wird es schließlich heißen *wurde mit sofortiger Wirkung vom Dienst suspendiert.* Und dann? Degradierung, Strafversetzung in irgendein Kaff, Verkehrskontrollen, hie und da eine gestohlene Motorsäge. Aus, Ende, Amen! Und für das hat er sich jahrelang abgerackert und nebenbei die

Abendmatura gemacht und den ganzen Schas über die Merseburger Zaubersprüche und den Blutkreislauf der Spinnen auswendig gelernt!

„Also, Freund der Berge, wie schaut es aus? Machen wir einen Deal? Ich verzichte auf eine Anzeige wegen Körperverletzung – und du verzichtest auch? Damit sind wir quitt?" Aber der Otto versteht die Frage nicht. Weil er so damit beschäftigt ist, sich seine traurige Zukunft auszumalen, ist ihm sogar entgangen, dass die Gucki den Kollegen Bürstinger zum Auto geschickt hat. Wegen dem Erste-Hilfe-Koffer. Weil so was gibt es nicht in der Redaktion der *Mühlviertler Nachrichten*. Weil da tut sich ja keiner weh bei der Arbeit. Muss also die Gucki noch einmal fragen: „Willst du als Schläger in der Zeitung stehen – oder nicht?" Siehst du, das hat er jetzt verstanden! Weil er nämlich energisch den Kopf schüttelt. „Dafür vergisst du die Geschichte mit dem Hund?" Wieder verstanden! Zwar hat der Otto seine Sprache noch nicht wieder gefunden, aber nicken kann er. Sogar recht eifrig! Weil ihm ein Mordstrumm Stein vom Herzen gefallen ist. Am liebsten hätte er seine kleine Journalistin sogar abgebusselt. Weil das aber missverstanden werden könnte, sagt er nur: „Einverstanden!" Und dann sagt er noch was, was er normalerweise nie sagen tät. Nämlich: „Das mit der Watschen tut mir leid. Ehrlich!" Und er meint es auch so. Weil ihm die kleine Journalistin auf einmal so zart und zerbrechlich vorkommt, dass er sich überhaupt nicht mehr vorstellen kann, wie man auf so was hinhauen kann.

Wenn der wüsste, was für ein Stein erst der Gucki vom Herzen gefallen ist! Weil sie die ganze Zeit schon den Tierarzt vor sich gesehen hat: wie er ihrem kleinen Turrini die Spritze gibt! Was heißt da *einschläfern*? Die *Todesspritze* gibt er ihrem Turrini-Burli! Und dann kann sie schauen, wo sie einen Kompressor herkriegt! Weil mit Krampen und Schaufel bringt sie kein Grab zusammen. In der gefrorenen Erde. Wenigstens die Tierkörperverwertung muss sie ihrem kleinen Hund ersparen! Und trotzdem ist die Gucki eiskalt geblieben und hat nachgedacht wie ein Uhrwerk. Wo kann ich diese Mistsau packen? Bei seinem Respekt vor der Zeitung! Wie krieg ich den Zeugen weg? Mit einem billigen Krankenschwestern-Schmäh! Was mach ich, wenn er nicht auf das Geschäft einsteigt? Und – ob man es glaubt oder nicht – die Gucki hätte auch auf diese Frage eine Antwort gewusst. Hat sich dann aber eh nicht die Kleider vom Leib reißen, die ganze Redaktion zusammenschreien und den Major Rammer der versuchten Vergewaltigung bezichtigen müssen, sondern nur sein Bein verarzten. Aber da sieht man, zu was die Gucki fähig wäre, wenn es um ihren kleinen Turrini geht: praktisch Furie!

Jetzt aber das genaue Gegenteil: charmante Gastgeberin. Die Renate hat den Herren Kriminalbeamten Kaffee serviert – Bier wurde dankend abgelehnt, weil im Dienst –, man plaudert angeregt über den Mordfall, und der Herr Major Rammer lacht sich krumm und schief über den Kollegen Bürstinger. Die Gucki ist nämlich so gut aufgelegt, dass sie sogar verrät, wie sie draufgekommen ist, dass die Uhr, die der Turrini gefunden hat, nicht dem Harry, sondern seinem Mörder gehört. Erstens: weil das Glas total zerkratzt war. Ein junger Mann wie der Harry trägt keine so schundige Uhr. Zweitens: weil die ganze Uhr alt war. Bei der Stelle macht die Gucki sogar einen Schmäh und sagt *uralt*. Sie hat nämlich recherchiert. Und genau auch noch! Die *NOMOS Glashütte SA* wurde nur bis 1945 erzeugt. In der sächsischen Stadt Glashütte. Drum auch das *SA*. Von *Sachsen*. Hat nichts mit dem Hitler seiner SA zu tun. Nach 1945 Sendepause! DDR. Nur mehr Ramschuhren. Vergleiche Trabi! Da lacht der Bürstinger. Aber das wird ihm schon noch vergehen! Jetzt kommt nämlich das Drittens: Um ganz sicher zu gehen, dass die Uhr wirklich nicht dem Harry gehört, hat die Gucki bei der Kripo angerufen. Aber nicht gesagt: „Guten Tag, Wurm, Mühlviertler Nachrichten, können Sie mir sagen, ob das Mordopfer eine Uhr am Handgelenk hat?“ Sondern: „Grüß Gott, ich bin's, die Mama vom Harald aus St. Anton! Und wenn ihr mir den Buben schon wegnehmt's und nach Linz verschleppt's: Was ist denn dann mit die Wertsachen? Das Geld und die Uhr! Ist das eh alles da?“ Und ist so lange lästig gewesen, bis es dem diensthabenden Kriminalbeamten zu blöd geworden ist. Bis er wirklich nachgeschaut hat, ob das Mordopfer eine Brieftasche und eine Uhr hat. Und dann der narrischen Alten wahrheitsgemäß berichtet hat: Brieftasche nein – Uhr ja. Leider war der diensthabende Kriminalbeamte der Bürstinger und hat daher nicht mit dem Rammer mitlachen können. Hat ja der Gucki verraten, dass sie die Uhr vom Mörder in der Hand hat. Weil der Harry wird ja nicht zwei Armbanduhren tragen. Ist ja kein Russ nicht. Weil die haben wirklich öfter zwei Uhren am Arm gehabt. Manchmal sogar fünf oder sechs. Also: die Russen, die damals bei uns waren. In der Besatzungszeit. Das weiß die Gucki vom Opa. Dem haben sie nämlich auch seine Uhr gefladert. Noch dazu seine Fliegeruhr! Das hat er den Russen nie verziehen. Stalingrad natürlich auch nicht. Nur: Das mit der Fliegeruhr hat den Opa noch mehr gewurmt.

Wie kommt aber die Gucki jetzt auf die Russen? Das hängt mit dem Harry seinem Geldtaschl zusammen. Weil da nämlich ein Haufen Geld drin ist. Österreichische Schilling, Deutsche Mark, Tschechische Kronen und Russische Rubel. Schilling ist klar – die hat man sowieso, Mark auch – damit kann man überall zahlen, Kronen leuchten einem auch ein, weil es nicht weit ist in die Tschechei – was aber macht der Harry mit so viel Rubel? Umgerechnet fast fünftausend Schilling! Das ist doch nicht normal! Und schon hat die Gucki ihren Gästen die wildeste Russenmafia-Geschichte serviert, wie sie auch der Schwaiger Fritz nicht schöner erfinden könnte. Und der ist – wie schon gesagt – unangefochtener Meister im Schmähtandeln! Trotzdem – oder gerade deswegen: weil sie so fantastisch ist – fressen der Rammer und der Bürstinger die Geschichte. Weil sie ein Zauberwort enthält, von dem ein Kriminalbeamter in der Provinz sonst nur träumen kann. Das Zauberwort aber heißt *OK: Organisierte*

Kriminalität. Sicher, ein bisserl organisierte Kriminalität gab es in Oberösterreich schon auch: polnische Autodiebstahl-Banden, rumänische Tresorknacker-Banden oder Linzer Tierhändler-Banden, die Hunde mit gefälschten Stammbäumen verdrehen. Aber die richtige *OK* – die hatten immer nur die Wiener Kollegen. Und die haben natürlich bei einem jeden Lehrgang damit mordsmäßig antuschen müssen. Aber nächstes Mal können sie scheißen gehen, die Scheiß-Wiener! Nächstes Mal wird der Major Rammer aus Linz groß auftrumpfen! Drum hat er es jetzt auf einmal gar so eilig. Weil er ja schon längst beim Staatsanwalt sein müsste. Dass ihm der unterschreibt. Von wegen Offenlegung der Konten vom Mordopfer. Und ist auch schon aufgesprungen. Und will auch schon der Gucki ganz freundlich die Hand geben – da fährt der blöde Hund so auf ihn los, dass er das mit dem Handgeben lieber bleiben lässt. Salutiert er halt. Ist sowieso männlicher. Weil: So blöd ist sie gar nicht, die kleine Journalistin. Wie sie ihm nämlich das *Merfen* auf die Bisswunden gepinselt hat, da hat er nicht recht hinschauen können. Hat er halt ein bisserl auf ihren Busen geschaut. Praktisch zur Ablenkung. Hat aber tatsächlich gewirkt. Gar nichts hat er gespürt! Zumindest beim Wadl nicht. Am besten, er schleppt sie einmal in eine Disco: da dürfen keine Hunde hinein! Weil aber der blöde Hund mit dem Knurren nicht mehr aufhört, muss er die Einladung leider verschieben.

Das hätte der Gucki gerade noch gefehlt: dass sie dieser brunzdumme Rammer auch noch anmacht! Da hätte es sie wirklich zerrissen! Hat sich ja sowieso schon die ganze Zeit das Lachen verbeißen müssen. Der Harry – und die Russenmafia? So ein Schmarrn! Aber auf den Rammer war Verlass: Der würde die Mafia-Geschichte großmächtig hinausposaunen. Und alle Zeitungen würden nur mehr von der *OK* schreiben. Und die kleine Gucki von den *Mühlviertler Nachrichten* würde ihnen eine Ordentliche auflegen: Prack!

V

„Wer einen Buben sticht, ist ein Warmer!", sagt man bei uns eigentlich nur so. Ohne einen tieferen Sinn. Sozusagen aus Spaß an der Gaudi. Weil es beim Tarockieren ja nicht nur ums Gewinnen geht. Auch um die Unterhaltung. Und da gehört natürlich auch das Blöd-Daherreden dazu.

Drum wird auch die Gucki diesen Spruch herausgelassen haben. Einfach nur so. Aber da schau her! Ist doch akkurat mordsmäßig gelacht worden. Weil der Spruch praktisch neu war. Weil ihn noch keiner von den Nachbarbuben gekannt hat. Das Ganze hat sich nämlich in der Meierhansl-Hütte abgespielt. Aber schon am Dienstag. Also zwei Tage vor der Geschichte mit dem Rammer. Jetzt wird ein jeder sagen: Warum sagt er denn das nicht gleich? Weil: Wenn eine Geschichte eh schon so verzwickt ist, dann sollte doch wenigstens alles in der richtigen Reihenfolge erzählt werden. Dass man sich wenigstens ein bisserl auskennt! Ist natürlich ein berechtigter Einwand. Nur: Die Geschichte vom Harry hat halt einmal ziemlich viel mit dem Tarockieren zu tun. Weil ohne Tarockieren hätte die Gucki noch so recherchieren können – das mit den Rubel hätte sie trotzdem nicht herausgekriegt. So hat sie überhaupt nicht recherchieren müssen – nur Kartenspielen. Weil an diesem Dienstag ist ja beim Tarockieren nur über den Harry geredet worden. Weil er ja früher auch immer dabei war, wenn in der Meierhansl-Hütte gespielt worden ist. Jeden Sonntag und jeden Dienstag. Nur wie der Harry verschwunden ist, ist das Tarockieren manchmal ausgefallen. Weil der vierte Mann gefehlt hat. Bis dann die Gucki eingesprungen ist. Haben eh lang überlegt, die Nachbarbuben, ob sie die Gucki in die Hütte mitnehmen sollen. Aber nicht, weil sie ihnen gleich beim allerersten Spiel ein paar Tausender abgeknöpft hat: weil sie eine Frau war! So eine Hütte ist nämlich mehr was für Männer. Sprich: Abenteuer! Anfangen tut es mit dem Indianerspielen. Da wird auch schon die erste Hütte gebaut. Ein paar dürre Äste – und die Hütte ist fertig. Aber dabei bleibt es nicht! Als Nächstes werden dann daheim ein paar Bretter gestohlen und ein paar Nägel. Schließlich will man die ersten Zigaretten und die ersten Sexheftl nicht bei den Eltern, aber doch in einer heimeligen Atmosphäre genießen. Weil wir halt doch eher ein sesshafter Menschenschlag sind. Sozusagen häuselbauerisch veranlagt. Jetzt sollte man meinen, dass das Hüttenbauen nach der Pubertät aufhört, weil dann das richtige Häuselbauen anfangt. Das stimmt natürlich schon, aber halt nicht immer. Weil einer, der einen Hof übernimmt, kommt ja nicht zum Häuselbauen. Und wenn er dann keine Frau hat, die ihn ins Umbauen oder ins Zubauen hineinhusst, bleibt ihm nichts anderes über, als dass er das Hüttenbauen erst so richtig angeht. Weil aber die meisten Jungbauern keine Frau haben, wimmelt es bei uns nur so vor lauter Hütten. Wenn da ein Bürgermeister nicht beide Augen zudrücken tät, tät er vor lauter Hütten-Bauverhandlungen sonst zu gar keiner Arbeit mehr kommen. Weil eigentlich sind das keine Hütten mehr, sondern kleine Häuser. Sagen wir einmal: die Meierhansl-Hütte. Wo die Gucki immer tarockiert. Bis auf eine Baugenehmigung ist alles vorhanden: ein betoniertes Fundament, ein Tisch mit einer Eckbank, ein Ofen, ein Radio, ein Fernseher, ein Mordstrumm Kühlschrank und sogar ein elektrischer Griller. Den Pornokalender von der Firma *VA Tech* hätt ich jetzt bald vergessen. Dabei merkt man gerade an dem am allermeisten den kindlichen Ursprung des Hüttenwesens. Weil jedes Jahr schleppt der Fuzzi wieder einen neuen an – und jedes Jahr können es die Buben wieder nicht derwarten und schauen sich gleich am Jahresanfang die ganzen Nackerten an. So, wie sie früher auch schon Anfang Dezember die ganzen Fensterln vom Adventskalender heimlich aufgemacht haben.

Nach einer Trauerminute für den Harry wird jetzt also tarockiert, dass die Fetzen fliegen. Aber natürlich nur im übertragenen Sinn. Weil in der Meierhansl-Hütte wird nicht gestritten und schon gar nicht gerauft – da wird einfach rau gespielt. Da ist es keine Seltenheit, dass einer mit zwei Tarock auf einen *Dreier* hineinschaut. Oder dass einer eine *nackerte Wildsau* hat. Wo doch der Name *Wildsau* sowieso schon sagt, dass einer ein wilder Hund sein muss, wenn er den *Vierer* ansagt. Da wird sogar auf die Zoologie geschissen: weil ein Vogel ist eine Wildsau eigentlich nicht. Nur beim Tarockieren. Während die anderen Vögel schon richtige Vögel sind. Also der *Einser* ist der *Spatz*. Praktisch harmlos. Der *Zweier* ist der *Uhu.* Schon gefährlicher. Weil Raubvogel. Der *Dreier* ist der *Kakadu.* Eher was Ausgefallenes. Zumindest bei uns. Ich kenn keinen, der einen Kakadu hat. Wellensittich von mir aus – Kakadu nein. Und dort, wo ein Kakadu in Echt vorkommt – in Madagaskar oder in Indonesien oder sonst wo – dort werden sie wahrscheinlich nicht tarockieren. Den meisten ist bei uns das Wort *Kakadu* sowieso zu exotisch. Die sagen lieber *Giggerl.* Wer das nicht versteht: Das ist ein Hahn. Von Kikeriki. Während *Hauna* die Mehrzahl von Hahn ist: Hähne. Dabei tät es eigentlich *Honeur* heißen, wenn man vier Karten hat, die fünf Punkte zählen. Aber das ist irgendwas Französisches – und Französisch ist bei uns einem jeden wurscht. Zumindest beim Tarockieren. Beim Sex weiß schon ein jeder, was *Französisch* ist. Aber das ist wieder ein anderes Kapitel. Das mit den *Vögeln* gehört ja eigentlich auch nicht hierher! Weil wir aber schon dabei sind: der *Fünfer* – der schlägt total aus der Art. Der hat überhaupt keinen Spitznamen. Der heißt nur *Fünfer.* Und ist trotzdem ein *Vogel.* Aber eh nur bei uns. Woanders wird er ja gar nicht gespielt. Viel zu riskant und auch viel zu teuer! Der tät ja bei einem *Solodreier* geschossen bis zum *Steyrerwagen* glatt 4.096 Schilling kosten. Und wenn du ihn dann verlierst: mal drei! Fast schon ein Monatslohn! Und leicht ist der *Fünfer* nicht zum Durchbringen. Du musst ja den fünftletzten Stich machen. Weil er vor der *Wildsau* gespielt werden muss. Praktisch verkehrte Mathematik: V kommt vor IIII, IIII vor III und so weiter. Drum bin ich ja auch auf das mit den *Vögeln* gekommen:

Wenn beim Tarockieren die *Vögel* verkehrt herum gespielt werden, kann man genauso gut eine Geschichte verkehrt herum erzählen. Noch dazu, wenn sie hauptsächlich vom Tarockieren handelt. Weil es ja beim Tarockieren überhaupt verkehrt herum rennt. Weil es das einzige Kartenspiel ist, das gegen den Uhrzeigersinn geht. Drum spielt auch beim Tarockieren Zeit keine Rolle: Kaum hat man angefangen, ist es auch schon drei in der Früh – und keiner weiß, wo die Zeit hingekommen ist. Direkt ins Philosophieren könnt man da kommen: Ob da nicht doch was dran ist an der Relativitätstheorie? So von wegen: dass Zeit und Raum beim Tarockieren relativ wurscht sind.

Nutzt aber nix! Wir sind halt einmal in der Meierhansl-Hütte – und die Gucki muss jetzt irgendwie herauskriegen, was es mit den Rubel vom Harry auf sich hat. Ist eigentlich watscheneinfach. Wird sowieso nur vom Harry geredet. Aber nicht rührselig – was für ein netter Mensch er war –, sondern mehr männlich – was für ein wilder Hund er war. Wie er einmal in Kiew auf Montage war und drei Wochen lang im Puff übernachtet und nur Krimsekt gesoffen hat – und dann das Ganze dem Chef als Spesen verrechnet. Wie er einmal ein Schlafzimmer gemacht hat und mit dem Schrotgewehr ein paar Mal draufgeschossen und dann als Bauernmöbel aus dem 19. Jahrhundert verkauft. Weil die Einschusslöcher vom Schrot fast wie ein echter Holzwurm ausschauen. Und eben: Wie er immer ein Packerl Rubel hergezeigt hat und gesagt: „Ganz im Vertrauen – das muss unter uns bleiben!

Weil ich krieg meine Möbel von der Russenmafia. Und die versteht keinen Spaß!" In Wirklichkeit hat er die Möbel in der Tschechei billig zusammengekauft und dann daheim restauriert. War ja ein gelernter Tischler. Und dann sauteuer verkauft. An irgendwelche Linzer. Denen hat er die ärgsten Geschichteln hineingedrückt. Wie: „Nachweislich aus dem Besitz der Zarenfamilie!" Nur deswegen hat er immer so einen Haufen Rubel eingesteckt gehabt: quasi als Beweis, dass er seine Möbel wirklich bei den Russen kauft. Hat die Gucki natürlich ihre Mafiatheorie fallenlassen müssen. Weil ein bisserl hat sie schon auch in diese Richtung tendiert, wie sie die vielen Rubel gesehen hat. Die anderen Journalisten waren da nicht so zimperlich. Die haben alle auf die Mafia-Karte gesetzt – und verloren. Da trau ich mich wetten, dass keiner von denen Tarockieren kann! Weil: Wenn einer ein Tarockierer ist, dann weiß er auch, dass es nicht auf die einzelnen Karten ankommt, sondern auf das Ganze: wie die Karten verteilt sind. Wenn es nach mir gehen tät, dann müssten die ganzen Publizistikstudenten gleich im ersten Semester einen Tarockkurs machen. So wie die Medizinstudenten einen Sezierkurs machen. Dass sie gleich einmal kapieren, dass das Leben ganz schön kompliziert ist.

Die Gucki hat das sowieso nicht notgehabt. Weil sie das Tarockieren schon in der Volksschule gelernt hat. Also: Natürlich nicht direkt in der Volksschule, sondern in der Zeit, wie sie in die Volksschule gegangen ist. Da hat sie nach dem Mittagessen immer ganz schnell die Hausübung machen müssen. Dem Opa und seinen Kriegskameraden ist damals nämlich der vierte Tarockkamerad weggestorben. Bevor sie aber mit einem Zivilisten tarockieren, haben sie sich gesagt, können sie gleich ein Volksschulkind anlernen. Hat die Gucki mit dem Tarockieren gleichzeitig auch eine militärische Karriere gemacht. Weil sich der Opa und seine Kameraden grundsätzlich mit ihrem militärischen Rang angeredet haben. War die Gucki am Anfang natürlich nur einfacher Soldat. Bis sie ins Gymnasium gekommen ist, hat sie es aber schon bis zum Oberleutnant gebracht. Und nach der Matura ist sie zum General befördert worden. Zum Feldmarschall hat es dann nur deswegen nicht mehr gereicht, weil der Opa leider vorher gestorben ist.

Jetzt wissen wir also auch, warum die Gucki gar so schneidig tarockiert – und können uns wieder auf die Mördersuche konzentrieren. Bleibt praktisch nur mehr Mord aus Leidenschaft übrig. Raubmord scheidet aus – sonst wär ja dem Harry sein Geld futsch gewesen. Hat also die Gucki ein bisserl im Harry seinem Liebesleben herumstierln müssen. Gibt eh nur zwei Möglichkeiten. Erstens: Der Harry hat einen Nebenbuhler gehabt, der auch auf die Blumauer Anni scharf war. Zweitens aber: Der Harry hat neben der Anni noch ein anderes Gspusi gehabt. Da gibt es aber auch wieder zwei Möglichkeiten.

Zwei a: Die Anni hat ihn aus Eifersucht umgebracht. Zwei b: Der Mann oder der Freund von der anderen hat ihn aus Eifersucht umgebracht. Oder von mir aus auch noch zwei c: Die andere Frau hat ihn umgebracht, weil er im Mai die Anni heiraten wollte. Das waren aber nur so rein theoretische Überlegungen von der Gucki. Weil wirklich in Frage kommen nur eins und zwei b. Wegen der Uhr. Weil es ja eine Herrenarmbanduhr ist. Ich mein: Eine dritte Möglichkeit gibt es natürlich schon auch noch. Dass nämlich der Harry einen Freund gehabt hat. Und dass ihn dann der umgebracht hat. Das war natürlich der ungünstigste Fall. Weil: Wie soll die Gucki da anfangen? Wenn ihr da auch nur ein falsches Wort herausrutscht, dann ist sie nicht in ein Fettnäpfchen getreten – dann ist sie in ein Mordstrumm Schmalztopf hineingesprungen. Das ist nämlich so: Also – bei uns – wenn da zwei Männer – also – wenn die befreundet sind – mehr als normal – quasi abnormal – also, wenn sie sozusagen dings – wenn sie – dass es halt heraußen ist: homosexuell sind – also, das gibt es bei uns nicht. Oder sagen wir lieber so: Da wird bei uns nicht darüber geredet. Tabu.

Drum hat ja die Gucki nachgedacht und nachgedacht und vor lauter Nachdenken einen Spielfehler nach dem anderen gemacht, bis ihr dann endlich dem Opa sein Spruch eingefallen ist: „Wer einen Buben sticht, ist ein Warmer!“ Und dann aufgeatmet. Weil alle Nachbarbuben gelacht haben. Und zwar herzlich. Hätten sie nämlich verlegen gelacht oder gar hysterisch, dann hätte sie ja die Homosexuellen-Spur weiterverfolgen müssen. Und womöglich die Freundschaft mit den Nachbarbuben aufs Spiel setzen müssen. Inklusive zweimal wöchentlich Tarockieren. Weil die Nachbarbuben waren ja eigentlich keine Buben, sondern lauter ausgewachsene Männer. Alle so um die dreißig. Nur halt nicht verheiratet. Und auch nicht verlobt. Und auch sonst weit und breit keine Frau in Sicht. Und eigentlich hat die Gucki auch gar nicht den Eindruck gehabt, dass ihre Nachbarbuben wirklich ernsthaft eine suchen. Sagen wir einmal – beim Musikerball: Da hat es nur so gewimmelt vor lauter Frauen und Mädchen! Und glaubst du vielleicht, die hätten einen Tänzer gefunden? Nicht um die Burg! Miteinander haben sie tanzen müssen. Weil die jungen Männer stocksteif dagesessen sind. Statt einem Walzer lieber ein Viertel Wein, statt einer Polka lieber ein Bier! Und am allerwenigsten getanzt haben die Nachbarbuben! Genauer gesagt: jeder nur ein einziges Mal – und das mit der Gucki – und das auch nur anstandshalber – praktisch als Vorwand, dass sie die Gucki in die Schnapsbar schleppen können. An das kann sich die Gucki nämlich nur zu gut erinnern. An das, was dann nachher war, weniger. Beziehungsweise: eigentlich gar nicht. Blackout.

Die Gucki darf jetzt gar nicht zuviel an den Musikerball denken – sonst schmeckt ihr das Bier nimmer. Und das Biertrinken gehört in der Meierhansl-Hütte halt einmal zum Tarockieren dazu. Und zum Nachbarbuben-Ausfratscheln ist es auch nicht blöd, wenn ein bisserl was getrunken wird. Da redet es sich dann leichter. Also nimmt die Gucki ihr Bierflaschl und sagt: „Meine Herren Buben, trinken wir auf den Harry! Auf dass er im Himmel ein gescheites Bier zum Saufen hat und ein paar Heilige zum Tarockieren und auf dass es genug fesche Engerl gibt, dass der Harry jeden Tag ein anderes auf seine Wolken abschleppen kann!" Müssen die Nachbarbuben natürlich lachen. Ist aber auch eine lustige Vorstellung, dass im Himmel gesoffen wird – womöglich noch ein *Freistädter Bier* –, und das mit dem Tarockieren ist auch eine Gaudi. Wegen dem hat aber die Gucki ihren Trinkspruch nicht herausgelassen. Sie will auf was anderes hinaus: Ob der Harry vielleicht ein bisserl ein Weiberer war? Wegen der Möglichkeit zwei b. Eh schon wissen: Der Harry hat neben der Anni noch eine andere. Aber Fehlanzeige! Weil kaum ist das ärgste Gelächter vorbei, sagt auch schon der Websi: „Wenn sich der Harry ein paar Engerl aufreißt, dann sicher nicht zum Schnackseln, sondern zum Tarockieren!" Und dann ist auch schon die Geschichte gekommen, wie die Nachbarbuben einmal im Freistädter Puff waren und wie der Harry auf einmal die Tarockkarten herausgeholt hat und wie dann tarockiert worden ist, dass die Huren nur so geschaut haben. Und wie der Harry dann gesagt hat: „Damen kann man immer brauchen – am besten gleich ein paar! Aber nur zum Hinunterlegen!" Und wie die Huren dann gelacht haben. Weil ja die meisten aus der Tschechei. Ist gleich: nicht gescheit Deutsch. Und natürlich den Harry falsch verstanden. Und schon ein Geschäft gewittert. Und dann ein Mordshallo: wie ihnen der Harry gezeigt hat, dass er drei *Damen* in den *Talon* hinuntergelegt hat. Die *Herz-Dame*, die *Karo-Dame* und die *Kreuz-Dame*.

Wie er den Huren dann erklärt hat, was gemeint ist: „Dame nix gut – eher depperte Karte. Dame nur gut, wenn liegen unten: dann bringen vier Punkte!" Haben die Nachbarbuben natürlich recht lachen müssen, wie der Websi die Damen-Geschichte erzählt hat. Und nebenbei ein bisserl auf die Gucki geschaut: Ob sie dem Websi jetzt eine auflegt? Weil doch ein bisserl frauenfeindlich. Aber die Gucki ist so mit dem Abhaken von Möglichkeit zwei b beschäftigt, dass sie ganz vergisst, dass sie eigentlich jetzt was sagen müsste. Wie – zum Beispiel: „Bub aber noch deppertere Karte! Wenn oben liegen, nix gut – und wenn unten liegen, auch nix gut!" Weil so was in der Art tät sie da normalerweise schon sagen. So aber rutscht ihr nur heraus: „Und wie ist der Harry dann überhaupt zu einer Verlobten gekommen? Hat er die vielleicht beim Tarockieren gewonnen?"

Wird aber trotzdem gelacht. Weil: Wenn man es genau nimmt, hat der Harry die Blumauer Anni wirklich beim Tarockieren gewonnen. Genauer gesagt: beim Preistarockieren in Blumenfeld. Vor zwei Jahren. Ich mein: nicht dass die Anni jetzt der 1. Preis gewesen wäre – der war ja 3.000 Schilling, aber kennengelernt hat er sie durch das Preistarockieren. Weil die Anni auch mitgespielt hat. Praktisch aus familiären Gründen. Ihr Papa hat mitgespielt, ihre zwei Brüder haben mitgespielt – hat halt die Anni in Gottes Namen auch mitgespielt. Weil: Ob sie jetzt im Wirtshaus herumsitzt oder gleich mitspielt, ist auch schon ein Ding. Hinfahren hat sie sowieso müssen. Weil so ein Preistarockieren dauert ja fünf, sechs Stunden – und da muss man natürlich hübsch was trinken. Auf jeden Fall mehr wie 0,5 Promille. Und als Frau hält die Anni das Nix-Trinken doch leichter aus wie ein Mann. Weil bei uns halten die Männer einiges aus: Die meisten gehen neben der Arbeit noch pfuschen, und eine Landwirtschaft hat auch fast ein jeder, und manche haben sogar noch Frau und Kinder – nur das Nix-Trinken, das hält keiner aus. Schon gar nicht beim Tarockieren. Praktisch unnatürlich. Nur haben halt die Politiker, die solcherne Sachen wie das mit die 0,5 Promille machen, leider gar keine Ahnung von der Natur. Weil sie in Wien unten sitzen. Das sieht man ja auch an die ganzen Vorschriften für die Landwirtschaft: null Ahnung von der Natur!

Aber das führt jetzt zu weit! So ist es auch wieder nicht, dass der Harry seine Verlobung mit der Anni den Politikern in Wien unten verdankt! Ein bisserl was hat er selber auch schon dazugetan: einen Schmäh. „Wird bei Euch nicht heimlich gevögelt?", hat er die Anni gefragt. Und die Anni – nicht auf den Mund gefallen: „Sowieso! Du kannst aber auch unheimlich vögeln." Das muss ich jetzt vielleicht ein bisserl erklären. Sonst glaubt womöglich noch wer, dass bei uns nur ordinär dahergeredet wird. Ich mein: ordinär schon auch, aber nicht nur! Mehr so doppeldeutig. Weil dem Harry seine Frage hat sich ja auch auf das Tarockieren bezogen: Ob er die *Vögel* auch *heimlich* machen kann oder nur *angesagt.* Weil ja bei jedem Preistarockieren wieder andere Regeln gelten. Und so sind sie halt ins Gespräch gekommen, der Harry und die Anni. Und nach dem Tarockieren sind sie wieder ins Gespräch gekommen. Aber diesmal nicht durch einen Schmäh vom Harry, sondern durch einen glücklichen Zufall. Der Harry hat nämlich den 2. Preis gewonnen – und der Anni ihr Papa den 1. Hat der Harry 2.000 Schilling versaufen müssen, der Anni ihr Papa aber gleich 3.000. Da kommt man sich irgendwie näher. Menschlich. Und um fünf in der Früh hat die Anni nicht nur ihren Papa und ihre zwei Brüder nach Liebenthal heimführen müssen, sondern zuerst den Harry nach St. Anton. Und weil es sowieso schon Zeit zum Stallgehen war, hat ihnen der Harry gleich den Stall gezeigt. Und weil ihnen der Stall und die Viecher und der ganze Hof gut gefallen haben, hat es dann auch nicht mehr lang gedauert bis zur Verlobung. Wie es halt so ist.

„Da müssen wir schauen, dass wir diesmal vor fünf in der Früh mit dem Tarockieren aufhören!“, hat daraufhin die Gucki gesagt. „Sonst zeigt mir der Websi womöglich noch seinen Stall – und morgen wach ich auf und bin verlobt!“ Ist natürlich fest gelacht worden in der Meierhansl-Hütte. Und wie der Joe dann noch gesagt hat: „Dir tät ich sogar noch was anderes zeigen!“, brüllt alles vor Lachen. Die Gucki aber lacht mit. Weil sie jetzt hundertpro sicher ist, dass der Harry kein Weiberer war. Weil jetzt nur mehr die Möglichkeit eins übrig geblieben ist: dass ein anderer scharf auf die Anni war und deswegen den Harry umgebracht hat. „Geht es leicht so zu um die Anni, dass du es bei der gar nicht probierst und dich mit mir zufriedengibst?“, hat sie also den Joe gefragt.

Aber wieder Fehlanzeige! Weil der Joe hat sich jetzt vermutlich an die Watschen vom Sonntag erinnert und war daher auch ziemlich schlagfertig: „Meine liebe Gucki! Um die Anni geht es genauso zu wie um Dich: nämlich gar nicht!" Und weil gar so viel gelacht worden ist, hat die Gucki ihre Hoffnung aufgeben müssen. Nicht die Hoffnung auf einen Mann, aber die Hoffnung, dass die Nachbarbuben was wissen. Von wegen Nebenbuhler vom Harry.

Hat aber auch was Gutes gehabt. Weil jetzt hat sich die Gucki endlich aufs Tarockieren konzentrieren können. Und auch tatsächlich das meiste wieder zurückgewonnen. Weil bis zu diesem Zeitpunkt hat sie vor lauter Nachbarbuben-Ausfratscheln schon mehr als 1.000 Schilling verloren gehabt. Obwohl: Einen Tausender wär ihr das Nachbarbuben-Interview schon wert gewesen. Weil: Wenn du einmal das Mordmotiv hast, dauert es nicht mehr lang, bis du auch den Mörder hast. Aber: So kann man sich täuschen!

VI

„Die blödesten Bauern haben die größten Erdäpfel!", sagt man bei uns gern, wenn einen der Neid frisst. Wenn ein anderer was zusammengebracht hat – und selber hat man nichts zusammengebracht.

Die Hatzl ist natürlich nicht so blöd gewesen, dass sie sich ihren Neid ankennen lasst. Ganz im Gegenteil: Über den grünen Klee gelobt hat sie die Gucki! Aber: *Wie* sie es gemacht hat! Dass man sofort gemerkt hat, dass die Gucki nur *zufällig* zu ihrem Aufmacher gekommen ist: praktisch reines Anfängerglück! Ganz abgesehen davon, dass die Hatzl nie einen Satz wie „Die blödesten Bauern haben die größten Erdäpfel!" in den Mund nehmen tät. Weil sie sich für so was viel zu fein ist. Weil sie genauso redet und genauso schreibt, wie sie angezogen ist: Wenn es kein Rüschenbluserl ist, dann ist es ein Spitzenbluserl oder zumindest ein Bluserl mit Mascherl. Am liebsten in Rosa oder in Himmelblau. *Infantil rustikal* hat der Schwaiger Fritz diesen Stil einmal genannt. Und wo er recht hat, hat er recht.

Da war es dann kein Wunder, dass die Gucki mit ihrer ewigen Lederjacke der Frau Redaktionsleiterin nicht zum Gesicht gestanden ist. Dass die Hatzl die Gucki vom ersten Tag an sekkiert hat. Bis aufs Blut. Na – das hat die Hatzl vielleicht gewurmt, dass sie die Gucki jetzt auf einmal loben muss! Ausverkauft! Die *Mühlviertler Nachrichten* ausverkauft – das muss man sich erst einmal vorstellen! Das ist seit der Besatzungszeit nicht mehr passiert. Und damals auch nur, weil ihnen die Russen manchmal zu wenig Papier gelassen haben. Jetzt muss man wissen, dass die *Mühlviertler Nachrichten* eine Wochenzeitung sind, die immer am Donnerstag herauskommt. Und am Freitag, dem 2. Februar 2001, war die Ausgabe vom 1. Februar ratzeputz ausverkauft. Das war der Gucki ihre Silobinkel-Geschichte. Und: Obwohl die *Kronen Zeitung* an diesem Freitag ernsthaft gefordert hat, sämtliche Siloballen in ganz Österreich aufzuschneiden – schließlich gab es in Österreich insgesamt 154 vermisste Personen –, war es nicht die *Kronen Zeitung*, die ausverkauft war, sondern die *Mühlviertler Nachrichten*. Weil die haben schon am Donnerstag das Foto von der Mörder-Uhr auf dem Titelblatt gehabt, die *Kronen Zeitung* aber erst am Samstag. Weil der Major Rammer in seiner Aufregung leider vergessen hat, das Foto gleich an die Pressestelle weiterzugeben. Hat er natürlich von seinem Chef wieder einen Anpfiff kassiert.

Die Gucki dagegen hat ganz was anderes kassiert. Nämlich ein Kompliment vom Fritz. Praktisch seltener als selten. Weil ein versoffener Zyniker beziehungsweise ein zynischer Säufer wie der Schwaiger Fritz macht normalerweise keine Komplimente. Und dann schleppt er doch glatt die Frau Redaktionsleiterin und die Renate in der Gucki ihr Büro hinüber, macht eine Flasche Sekt auf und sagt: „Auf die Kollegin

Wurm! Ein Weib wie eine Flex: dass die Funken nur so sprühen!" Hat die Hatzl natürlich das ganze Wochenende vor lauter Neid kein Auge zugebracht. Weil sie selber ein bisserl auf den Fritz spitzt. Weil er einen Doktortitel hat. Und bis auf das Saufen eigentlich ein gutaussehender Mann ist. So der Typ *Britischer Landlord:* Tweed-Sakko, Schalkrawatte, Manschettenknöpfe. Und einen alten *Landrover* hat er auch.

Jetzt kommt aber der Montag. Montag, der 5. Februar. Mein Gott, welche Freude! Endlich kann sie die Wurm herunterputzen. Was heißt da *herunterputzen? Zertreten* wird sie diese Krot wie – wie – ja, genau: wie einen Wurm! Weil nämlich an diesem Montag alle Zeitungen die Mafiageschichte bringen. Nur die *Mühlviertler Nachrichten* nicht. Weil die Wurm nicht die geringste Ahnung von der Mafia hat. Aber die Frau Redaktionsleiterin geht nicht einfach hinüber und putzt die Wurm zusammen. Sie will ihren Erfolg auskosten. Und dafür braucht sie Zeugen. Vor allem den Fritz!

Nur ist der an einem Montag in der Früh nicht in seinem Büro, sondern im Bett. Weil er, wie er gern sagt, *überzeugter Kommunist* ist. Drum hat er ja auch ein altes Haus in Freistadt gekauft. Als Besitzer von einem Altstadthaus bist du nämlich automatisch Teilhaber an der *Braucommune Freistadt*. Praktisch ein kommunistischer Kapitalist. Und wenn du dann ein *Freistädter Bier* trinkst, tust du was für deine eigene Firma. Der Fritz hat an diesem Wochenende anscheinend ziemlich viel für die eigene Firma getan. Weil er erst am Nachmittag in die Redaktion kommt. Normalerweise kommt er doch schon zu Mittag. Und weil er sich von der Renate nicht gleich einen *Freistädter Ratsherrentrunk* bringen lässt. Sondern zuerst einmal ein *Aspirin C.* Aber Kopfweh hin, Kopfweh her – die Frau Redaktionsleiterin kann es jetzt beim besten Willen nicht mehr derwarten: „Mein lieber Herr Doktor, könnten Sie eventuell so freundlich sein, den Mafiamord zu übernehmen? Unsere junge Kollegin dürfte damit wohl doch etwas überfordert sein." Und knallt ihm einen ganzen Stapel Zeitungen auf den Schreibtisch: keine Schlagzeile ohne das Wort *Mafia*! Damit hat sie jetzt gleich zwei Fliegen mit einer Klappe erwischt. Erstens hat sie den Wurm zertreten, und zweitens hat sie dem Fritz ein Geschenk gemacht. Indem sie die Mafiageschichte *ihm* überlässt. Obwohl doch *sie* die Redaktionsleiterin ist. Sozusagen Verzicht aus Liebe. Direkt verlegen ist er jetzt vor lauter Dankbarkeit, der Fritz. Schaut sie nicht einmal an. Starrt auf seinen Bildschirm und sagt kein Wort. Und jetzt wird er rot auch noch! Mein Gott, wie rührend!

Der Fritz ist doch tatsächlich rot angelaufen. Aber nur, weil er sich das Lachen verbeißen muss, bis er fertiggelesen hat. Er hat nämlich den neuen Artikel von der Gucki auf seinem Bildschirm. Wo sie erklärt, was es mit dem Harry seine Rubel auf sich hat: *Mafia-Geschichte nur billiger Schmäh!* Und dann lacht er auch schon, dass es ihn fast zerreißt. Dass er fast nicht mehr herausbringt: „Verehrte Frau Redaktionsleiterin, ich muss – so leid es mir tut – die Befürchtung äußern, dass nicht unsere junge Kollegin mit dem Mafiamord überfordert ist, sondern die Mafia." Weil er es trotz Lachkrampf nicht lassen kann, die Frau Chefin nachzumachen. Von wegen übertriebene Höflichkeit. Das macht er grundsätzlich. Seit zehn Jahren. Seit er bei den *Mühlviertler Nachrichten* ist. Nur hat die Hatzl das nie überrissen. Hat ihn wegen dieser komischen Ausdrucksweise immer für einen *Sir* gehalten. So einen, wie er in so Liebesromanen vorkommt, die in England spielen. Im 19. Jahrhundert. So was liest die Hatzl gern in ihrer Freizeit. Hat ja sonst nicht viel zu tun. Ist ja ein *Single*, wie das heutzutage so schön heißt. Früher hätte man gesagt *alte Jungfer*. Weil sie auch schon auf den Vierziger zugeht.

Aber das Leben ist halt einmal kein Roman! Drum genehmigt sich die Hatzl jetzt eine Familienpackung *Valium*, damit sie das Gläserklirren aus der Wurm ihrem Büro nicht gar so laut herüberhört. Dort wird nämlich schon wieder Sekt gesoffen. Eigentlich hätte sie den Schwaiger längst schon hinausschmeißen müssen! Dieser Alkoholiker! Was der allein im Büro zusammensauft! Schon wieder Sekt! Das ist wirklich kein *Sir*! Weil ein Sir trinkt höchstens einmal einen Whiskey. So – vor dem offenen Kamin. Und: Obwohl in der Hatzl ihrem Büro kein bisserl Kaminfeuer flackert, holt sie jetzt eine Flasche *Glenfiddich* aus der untersten Schreibtischlade, schenkt sich ein Kaffeehäferl voll ein und sagt feierlich den Satz, den sie immer sagt, wenn sie unglücklich ist:

„Ich bin seit zwanzig Jahren mit den *Mühlviertler Nachrichten* verheiratet – und das glücklich!"

Die Gucki ist zwar auch glücklich, fühlt sich aber mit den *Mühlviertler Nachrichten* kein bisserl verheiratet. Im Gegenteil: Sie hofft auf baldige Scheidung. Ihr zweiter Aufmacher sollte doch Scheidungsgrund genug sein! Und den nächsten Partner kann sie sich aussuchen: *Der Standard* oder doch lieber das *profil*? Auf jeden Fall weg von hier! Weg aus der Provinz! Da versumpft man ja nur! Das sieht man ja am Fritz, was dabei herauskommt. So ein witziger und gescheiter Kerl – und dann hängt er bei den *Mühlviertler Nachrichten* herum: „Jahrein, jahraus nur Einweihungen von Feuerwehrzeughäusern und Blumenschmuckaktionen von Verschönerungsvereinen!"

„Die *Miss Mühlviertel* nicht zu vergessen!", wirft da der Fritz ein. Und grinst über das ganze Gesicht. „Bei der *Freistädter Messe* muss natürlich unbedingt eine *Miss Mühlviertel* gewählt werden. Und dreimal darfst du raten, wer da in der Jury sitzt. Der Freistädter Bürgermeister sitzt in der Jury, der Wirtschaftslandesrat sitzt in der Jury, der Bauernbundobmann sitzt in der Jury, und dann noch irgendein Schlagersänger wie der *Waterloo* oder der *RIK* – und dann natürlich der Herr Redakteur von den *Mühlviertler Nachrichten*. Was glaubst du, was das für eine Hetz ist!" Und dann berichtet der Fritz, was für ein weiches Herz der Herr Bürgermeister, der Herr Landesrat, der Herr Obmann und die Herren

Schlagersänger alle haben. Wie sie die jungen Damen, die leider nicht *Miss Mühlviertel* geworden sind, dann immer nächtelang trösten.

Aber nicht, dass jetzt wer glaubt, dass die Redakteure der *Mühlviertler Nachrichten* während der Arbeitszeit nur tratschen! Die beiden sitzen ja längst nicht mehr im Büro, sondern schon die längste Zeit im Gasthof *Leim*. Der Fritz hat nämlich die Gucki zum Abendessen eingeladen. Und sie hat die Einladung angenommen. Ist ja nichts dabei. Oder? Ist ja der Turrini auch mit. Praktisch als Anstands-Wauwau. Ist aber anscheinend bestechlich. Weil einer wie der Fritz, der Ripperl isst und schlampig abfieselt, damit der Hund auch was vom Leben hat, darf ruhig ein bisserl länger mit dem Frauli plaudern. Und sogar hie und da die Hand auf den Arm vom Frauli legen. Da muss man nicht gleich eifersüchtig sein!

Normalerweise ist der Turrini da nicht so großzügig. Normalerweise darf keiner sein Frauli angreifen. Ich mein: Nicht dass er jeden sofort gebissen hätte, der seinem Frauli zu nahe gekommen ist. Aber er winselt oder er knurrt oder er bellt so lange, bis die Gucki „Hopp!" sagt. Und dann setzt er sich auf ihren Schoß und geht nicht mehr herunter. Das ist jetzt natürlich furchtbar lieb von ihrem Turrini-Burli, dass er so auf sein Frauli aufpasst – nur: Manchmal kann es auch ganz schön lästig sein. Wenn die Gucki nach Wien fährt. Weil sie ja öfter am Wochenende nach Wien fährt.

Um wieder einmal ins Theater zu gehen. Oder ins Kino. Oder in ein Restaurant. Halt so Sachen, die es in St. Anton nicht spielt. Männer gehören da auch dazu. Nur ist das mit den Männern so eine Sache, wenn du einen Hund hast. Auf der einen Seite geht das Anbandeln wie geschmiert. Weil ein jeder gleich was zum Reden weiß. „So ein lieber Hund!", heißt es da. Oder: „Wie heißt denn der brave Hund?" Und dann gibt auch schon ein Wort das andere. Auf der anderen Seite kriegst du dann mit dem Hund ein Problem. Wenn es dann ernst wird. Weil jeder Hund eifersüchtig ist. Und der Turrini ganz besonders. Weil er ja nicht einfach der Hund von der Gucki ist, sondern ihr *Herzischeißibinki.*

Bei der Gelegenheit muss ich jetzt vielleicht einmal erzählen, wie der Turrini überhaupt zu seinem Frauli gekommen ist – beziehungsweise die Gucki zu ihrem Turrini-Burli. Das war nämlich so: also – die Gucki – wie soll ich sagen? Nicht dass sie sich gefürchtet hätte. Aber entrisch ist es schon, wenn du so ganz allein in einem Haus bist. Weil es auf einmal so still ist. Das bist du ja gar nicht gewohnt, wenn du aus der Stadt kommst. Direkt unheimlich still. Und dann hörst du auf einmal alle möglichen Geräusche. Und weißt nicht mehr genau: Ist das jetzt das Holz, das so knarrt – oder ist das schon der Mörder, der mit den Zähnen knirscht? Auf jeden Fall hat die Gucki dann immer ganz schnell das Radio aufgedreht und dann auch ziemlich schnell *Ja* gesagt, wie man ihr einen Hund angedreht hat. Genauer gesagt war es der Höllerer Leo, der ihr den Hund angedreht hat. Der handelt zwar hauptsächlich mit alten Sachen – Uhren oder Bilder oder Waffen oder sonst irgendein altes Glumpert –, aber eigentlich kannst du vom Leo alles haben: von der sowjetischen Generalsuniform mitsamt Säbel und Pistole bis hin zur polnischen Prostituierten mit Interesse für die österreichische Landwirtschaft. Und eben auch einen Hund.

Dabei ist der Leo hauptberuflich gar kein Händler, sondern Zimmermann. So hat ihn ja die Gucki auch kennengelernt. Wie er in ihrem Haus ein paar Wände versetzt hat. Ist ruckzuck gegangen. Erstens, weil es ein Holzhaus ist – und zweitens, weil der Leo in der Firma nicht umsonst *Sturmbannführer* heißt. Weil er kein normaler Vorarbeiter ist, der halt sagt, was gemacht werden soll, sondern weil er sagt: „Burschen, jetzt greifen wir an!" Da gibt es dann kein Gehen – da wird gerannt! Praktisch Sturmangriff. Da gibt es auch kein Herumreden – machen wir das jetzt so oder so? – da gibt es klare militärische Befehle. So schnell hat die Gucki gar nicht schauen können – war das Badezimmer auch schon fertig. Hat sie den Zimmerleuten eine Flasche Schnaps hingestellt. Aus Neugier: Ob sie auch so schnell trinken, wie sie arbeiten? Hat aber keiner den Schnaps angerührt, bis nicht der Leo gesagt hat: „Burschen, jetzt greifen wir an!" Und weil es ein bisserl ein schärferer Schnaps war und ein ganzer Liter dazu, hat er auch noch gesagt: „Burschen, da müssen wir durch!" Weil es aber doch länger als fünf Minuten dauert, bis dass man einen Liter Kornschnaps wegbringt, ist die Gucki mit den Zimmerleuten ins Reden gekommen. Genauer gesagt:

mit dem Leo. Weil die anderen zwei haben den Mund praktisch nicht aufgemacht. Und wie die Flasche dann gar war, hat man sich auch schon darauf geeinigt gehabt, dass die drei Herren der Gucki ihr baufälliges Wochenendhaus von oben bis unten renovieren. Natürlich nicht über die Firma, sondern im Pfusch. Die ganze Geschichte vom Hausumbauen spar ich mir jetzt aber. Das kennt ja eh ein jeder, wie es auf einer Baustelle zugeht. Auf jeden Fall hat der Leo lauter tüchtige Pfuscher angeschleppt – einen Installateur, einen Elektriker, einen Spengler – und in kürzester Zeit war das Haus bewohnbar. Und die Gucki hat einen 200.000-Schilling-Altbausanierungskredit laufen gehabt.

Und was ist jetzt mit dem Hund? Wird man sich fragen. Der wollte doch nur schnell erzählen, wie die Gucki zu ihrem Hund gekommen ist – und dann kommt er nicht auf den Hund, sondern vom Hundertsten ins Tausendste! Grad, dass wir uns nicht anhören müssen, wie oft die Gucki zum *bauMax* gefahren ist. Nur ein bisserl Geduld! Es kommt ja schon! Das war nämlich so: Hat die Gucki durch ihre Bauerei natürlich dauernd mit dem Leo zum Tun gehabt. Und dann am Feierabend gern mit ihm ein bisserl was getrunken. Quasi Besprechung. Aber natürlich auch privat. Ist ja ein interessanter Typ, der Leo. So Mitte Fünfzig. Aber schon weiße Haare. Hat die Gucki total an den Opa erinnert. Die tiefe Stimme – und dass er ein Nazi war, auch. Hat also die Gucki einmal vom Opa erzählt. Und vom Wastl. Das war dem Opa sein Dackel. Dem hat die Gucki gern Puppenkleider angezogen und ihn dann im Puppenwagen herumkutschiert. Und der Wastl hat sich alles gefallen lassen. Das wird sich der Leo halt gemerkt haben. Sonst wäre er nicht eines Tages auf einmal mit einem jungen Hund dagestanden. Und hätte nicht so eine unheimlich traurige Geschichte erzählt. Von wegen Tierheim. Hat es die Gucki natürlich nicht übers Herz gebracht, dass sie den armen kleinen Hund seinem Schicksal überlässt. Und fünf Minuten später hat er auch schon Turrini geheißen und zum ersten Mal in die Küche von seinem Frauli geschissen.

Damit sind wir aber auch schon wieder im Gasthof *Leim*. Bei der Gucki und beim Fritz. Und damit beim Mord. Die Gucki hat sich ja nicht zum Abendessen einladen lassen, weil sie den Fritz vernaschen will: Sie ist ja nicht die Hatzl! Nein, sie braucht jemanden zum Reden. Einen Menschen. Weil mit dem Turrini redet sie schon über ihre Mordtheorien. Nur ist der keine große Hilfe. Weil er halt doch nur ein Hund ist. Für ihn ist eine tote Krähe einfach eine tote Krähe. Und kein Indiz. Für den Fritz schon. Drum schaut er sich jetzt das Foto auch so genau an. Das, das am nächsten Donnerstag auf das Titelblatt der *Mühlviertler Nachrichten* kommt. Das Foto vom Galgen, der neben den Silobinkeln aufgestellt war. Der Galgen mit der toten Krähe. Und schließlich stimmt er der Gucki zu, dass ihre Schlussfolgerung logisch ist: dass der, der den Galgen aufgestellt hat, auch der Mörder vom Harry sein muss. Weil ja nur der Mörder gewusst hat, dass der Harry in einem Silobinkel steckt. Und deswegen den Galgen aufgestellt hat. Dass die Krähen den Silobinkel in Ruh lassen. Und dann stellt der Fritz auch schon eine Frage, die dem Turrini beim besten Willen nicht eingefallen wäre: „Wie ist denn die Krähe gestorben? A: natürlicher Tod, b: erschossen, c: vergiftet?" An das hat die Gucki wirklich nicht gedacht. Fall a bringt sie zwar kein bisserl weiter, aber im Fall b oder c braucht sie nur mehr den Mörder der Krähe zu finden – dann hat sie auch schon den Mörder vom Harry. So ein Glück, dass sie nicht nur den Galgen mit nach Hause genommen hat, sondern auch die tote Krähe! Die leistete jetzt den Käsekrainern Gesellschaft im Tiefkühlfach von ihrem Kühlschrank und wartete sowieso nur darauf, endlich gerupft zu werden.

VII

„Alles hat ein Ende – nur die Wurst hat zwei!“, sagt man bei uns eigentlich nicht. Das sagen eher die Deutschen. Die haben überhaupt einen komischen Humor.

Warum fällt dann der Gucki jetzt dieser Spruch ein? Ganz einfach, weil sie auf einem Begräbnis ist. Weil immer, wenn sie mit dem Opa auf einem Begräbnis war, hat der früher oder später gesagt: „Alles hat ein Ende – nur die Wurst hat zwei!“ Praktisch wie das *Amen* im Gebet. Das muss der Gucki hängengeblieben sein. Weil sie ziemlich oft mit dem Opa auf einem Begräbnis war. Weil er irgendein hohes Vieh beim Kameradschaftsbund war. Und mindestens einmal im Monat auf ein Kameradenbegräbnis gegangen ist. Genauer gesagt: auf ein Begräbnis von einem Kriegskameraden. Weil Statuten hin, Statuten her: Wenn es nach dem Opa gegangen wäre, wären sowieso nur Angehörige der Deutschen Wehrmacht in den Kameradschaftsbund aufgenommen worden. Weil echte Kameradschaft eben nur an der Front. Österreichisches Bundesheer aber nie an der Front – also auch keine echte Kameradschaft! Also auch nicht geeignet für den Kameradschaftsbund! Das hat er auch bei jedem Begräbnis laut und deutlich gesagt. Die Gucki hat nämlich immer mitfahren dürfen, wenn ein Kriegskamerad das Zeitliche gesegnet hat. Hat der Opa einfach eine Entschuldigung geschrieben: *Ich ersuche wegen Trauerfalles das Fern-*

bleiben meiner Enkelin Wurm Gudrun vom Schulunterricht zu entschuldigen. Der Klassenvorstand von der Gucki muss sich schon gedacht haben, dass die Familie Wurm systematisch ausgerottet wird: ein Trauerfall nach dem anderen!

Hat die Gucki direkt lachen müssen, wie ihr das jetzt wieder eingefallen ist. Obwohl es sich eigentlich nicht gehört, dass man lacht, wenn die schwarze Fahne vom Kameradschaftsbund und die schwarze Fahne von der Feuerwehr im Wind um die Wette flattern und wenn die Luft von Böllerschüssen erzittert und der Pulverdampf über den Friedhof weht und in der Nase beißt und wenn dann noch dazu die Blasmusikkapelle *Ich hatt' einen Kameraden* intoniert. Weil nämlich das Begräbnis vom Harry mitten im schönsten Gang ist.

Jetzt wird man sich natürlich fragen: Was macht die Gucki beim Begräbnis vom Harry? Die hat ihn doch nicht einmal gekannt. Glaubt sie vielleicht, dass der Mörder vom Harry auch da ist? Dass er sich im Angesicht der Ewigkeit am Ende gar selber verraten wird? Auf das hofft nämlich der Major Rammer, der drei Schritte hinter ihr steht und dem Kollegen Bürstinger ins Ohr flüstert, dass er sich die Journalisten-Tussi gleich nach dem Begräbnis vorknöpfen wird. Schon wieder ein Beweismittel unterschlagen! Die tote Krähe nämlich. Mitsamt dem Galgen. Schon wieder was, was er aus der Zeitung erfahren hat! Gestern. Drum hat er auch gestern den ganzen Tag nichts anderes gemacht, als diese Tussi gesucht! Statt dass er den Mörder sucht, muss er eine Frau suchen?

Und gefunden hat er sie obendrein nicht! In der Redaktion war sie nicht – und daheim war sie auch nicht! Und wie er dann in St. Anton herumgefragt hat, hat ihm auch keiner sagen können, wo sie ist. Nur eine alte Schachtel, eine gewisse Frau Ehrenmüller, die aber darauf bestanden hat, als *Fräulein* Ehrenmüller angesprochen zu werden, hat ihm was von einer geheimen Parfum-Fabrik erzählt. Und dass das Fräulein Wurm eventuell sogar eine ausländische Spionin ist, weil sie ein schwedisches Fernsehprogramm hat.

Eigentlich klar, dass der Rammer die Gucki nicht finden hat können. Weil sie nämlich in Wien war. Bei der Sybille. Normalerweise fährt sie am Samstag zur Sybille, diesmal ist sie aber schon am Mittwoch gefahren. Normalerweise fährt sie auch deswegen zur Sybille, weil es in Wien halt mehr Auswahl gibt: mehr Geschäfte, mehr Kinos, mehr Theater, mehr Männer. Diesmal ist sie aber praktisch nur wegen der Sybille nach Wien gefahren. Die Danninger Sybille ist nämlich nicht nur ihre ehemalige Schulkollegin und beste Freundin, sondern auch Studentin der Medizin. Wie hätte die Gucki denn sonst herauskriegen sollen, ob die tote Krähe vergiftet war oder nicht? Das war nämlich so: Die Gucki hat die Krähe aufgetaut, gerupft und nach allen Regeln der Kunst seziert. Aber kein einziges Schrotkorn. Bleibt nur mehr Gift. Da fällt ihr natürlich gleich die Sybille ein. Studiert ja schon lange genug Medizin. Weil ihr Papa Arzt war und leider keinen Buben gehabt hat, dem er seine Praxis übergeben hat können. Drum hat er auch seit zwanzig

Semestern brav Geld überwiesen, obwohl die Sybille nur alle heiligen Zeiten eine Prüfung gemacht hat und vom Fertigwerden noch mindestens zwanzig Semester entfernt war. Wie kommt die Gucki dann ausgerechnet auf die Sybille? War sie vielleicht eine Spezialistin für Chemie? Das nicht. Dafür war die Sybille aber eine ausgesprochene Spezialistin für Männer – genauer gesagt: für Medizin-Männer. Es war nämlich nicht so, dass die Sybille nicht auf die Universität gegangen wäre – sie ging sogar ausgesprochen fleißig auf die Universität. Und hätte ihr Studium vermutlich auch schon längst abgeschlossen, wenn sie bei ebendiesem Studium nicht andauernd Männer kennengelernt hätte. Und alle diese Assistenten, Dozenten und Professoren der Medizin, die die Sybille eigentlich zum Studieren anhalten sollten, hielten sie leider nur vom Studium ab. Wobei man gerechterweise sagen muss, dass es in ganz Österreich kaum eine Ärztin geben wird, die sich mit der männlichen Anatomie so gut auskennt wie die Sybille. Daher war es für sie eine Kleinigkeit, einen Pathologen aufzutreiben, der den Magen der Krähe untersucht und prompt festgestellt hat, dass die Krähe an Rattengift eingegangen ist. Auch sonst war dieser Pathologe recht sympathisch und hieß Oliver. Und wäre der Turrini nicht wieder einmal so lästig gewesen – wer weiß: Vielleicht hätte auch die Gucki Gefallen am Studium der männlichen Anatomie gefunden?

Momentan ist es aber sowieso viel zu kalt, um an Männer zu denken. Ein sonniger, aber klirrend kalter Wintertag. Und dann auch noch dieser beißende Wind! Die Gucki steht nämlich nicht nur seit einer geschlagenen Stunde auf dem Friedhof – sie ist auch nicht passend angezogen. Das heißt: Für das Begräbnis ist sie schon passend angezogen, für die Jahreszeit aber ganz und gar nicht. Die Nachbarbuben hätten sie fast nicht erkannt. Weil sie heute auf einmal ein Kleid anhat. Jeder hätte gewettet, dass die Gucki nicht einmal ein Kleid hat. Geschweige denn anzieht. Noch dazu so ein kurzes! Ist ihr aber nichts anderes übrig geblieben. Weil es das einzige schwarze Kleid ist, das sie hat. Und wenn man zu einem Begräbnis geht, muss man halt einmal was Schwarzes anziehen. Hat sie geglaubt. Dabei hält sich heutzutage auch bei uns kein Schwein mehr daran. Höchstens das Fräulein Ehrenmüller.

Der Gucki ihr Kleid hätte dann auch fast zu einer Katastrophe geführt. Aber nicht Blasenentzündung, sondern Störung der Totenruhe. Das mit dem Fast-nicht-Derkennen hat übrigens auf Gegenseitigkeit beruht. Auch die Gucki hat zweimal hinschauen müssen, bis sie ihre Nachbarbuben erkannt hat. Weil sie in einer Feuerwehruniform gesteckt sind und den Sarg vom Harry getragen haben. Gehen die Sargträger also so dahin, ganz langsam und würdevoll und im Gleichschritt – wie es sich halt gehört –, da sehen sie auf einmal so aus dem Augenwinkel unter den Trauergästen eine fremde Frau in einem atemberaubend kurzen Kleid. Haxen Ende nie! Die hat aber die genau die gleiche Lederjacke an wie die Gucki? Wer dann der Erste war, der die Gucki erkannt hat und infolgedessen aus dem Schritt gekommen ist, hat man im Nachhinein nicht mehr sagen können. Auf jeden Fall sind sie so ins Schwanken gekommen, dass sie den Sarg garantiert fallen gelassen hätten, wenn nicht die Gucki so geistesgegenwärtig gewesen wäre, dem Fuzzi zu helfen. Weil der Fuzzi doch um einen Kopf kleiner ist wie die anderen Nachbarbuben, die Gucki aber bestimmt einen Meter achtzig. War dem Fuzzi aber so derartig peinlich, dass er sofort nach dem Hinunterlassen vom Sarg zur Gucki marschiert und ordentlich aufdreht: „Glaubst du vielleicht, ich hab kein Schmalz nicht?" Und hält ihr auch schon seine Pratzen hin: „Das sind Händ' wie ein Schraubstock!" Und weil er keine Ruh gibt und alle Leute schon herschauen, bleibt der Gucki nichts anderes über, als dass sie mitten am Friedhof seine Muskeln anfühlt. Tatsächlich: Schraubstock nichts dagegen!

Davon hat sich der Major Rammer dann auch überzeugen können. Wie er die Gucki abgepasst hat. Wie sie gerade ins Gasthaus *Weiß* gehen wollte. Weil sie zur Zehrung eingeladen war. Als Nachbarin. Weil ja der Harry auch in Steining daheim. Also: die Gucki sowieso schon total durchgefroren, weil die Totenmesse so lang gedauert hat, die Gucki aber seit ihrer Zeit in der *Kreuzschwesternschule* grundsätzlich in keine Kirche mehr hineingeht, und weil sie sich dann auch noch elendslang anstellen muss, bis sie zum Erdbrocken-ins-Grab-Nachschmeißen drankommt – die Gucki also in Gedanken schon beim Tee mit Rum –, da verstellt ihr auf einmal der Rammer den Weg. Und packt sie auch schon und schüttelt sie ordentlich durch. Wie wenn er die Krähe aus ihr herausbeuteln möchte. Weil heute traut er sich: weit und breit kein Hund! Hat aber schon wieder Pech. Nur diesmal kein kleiner Hund, der sich in sein Wadl verbeißt, sondern ein kleiner Feuerwehrmann. So schnell kann er gar nicht schauen – liegt er auch schon vor dem Friedhof in einem Schneehaufen. Und weil ihm der Schnee die Ohren verpickt, hört er nur ganz verschwommen, was der kleine Feuerwehrmann sagt. „Wenn du die Gucki noch einmal anrührst, dreh ich dir ein Gewinde in den Arsch, dass du drei Wochen lang nur mehr Schrauben scheißt!", heißt es da. Weil der Fuzzi hat nämlich nicht nur ein ordentliches Schmalz, sondern auch eine ordentliche Goschen. Und als gelernter Kfz-Mechaniker natürlich eine langjährige Berufserfahrung mit Schrauben.

Wird es akkurat noch eine lustige Leich. Ich mein: nicht dass jetzt lauthals gelacht wird, kaum dass der Harry unter der Erd ist! Weil eigentlich schon tragisch: so ein junger Bursch – und so tüchtig – und Hochzeit schon ausgemacht – Brautkleid schon gekauft – sauteuer noch dazu – angeblich 15.000 Schilling – bei der Hochzeitsausstellung in Freistadt – ob die Anni das Kleid noch zurückgeben kann? – Schwarz steht ihr aber auch nicht schlecht – nur die Fingernägel hätte sie sich nicht so anstreichen müssen! Und so weiter – praktisch lauter traurige Gedanken. Aber schließlich und endlich geht das Leben weiter – und wenn man einmal eine kräftige Schöberlsuppe und ein saftiges Rindfleisch mit Semmelkren im Magen hat, schaut die Welt schon wieder ganz anders aus. Da redet man dann gleich nicht mehr über den Tod, sondern über erfreuliche Sachen. Wie: dass der Fuzzi dem lästigen Kriminalpolizisten eine Ordentliche gepracket hat und dergleichen. Dauert nicht lang – und es geht auch schon hoch her im Gasthaus *Weiß*.

Und mittendrin der Fuzzi und die Gucki! Weil die Gucki natürlich bei den Nachbarbuben sitzt. Für alle Fälle. Für den Fall, dass der Rammer und der Bürstinger mit Verstärkung zurückkommen. Na, die sollen sich nur hertrauen! Dann haben sie es mit der ganzen Trillinger Feuerwehr zu tun! Aber auch die Feuerwehr von St. Anton wäre einem Einsatz nicht abgeneigt. Weil der Prandegger Mandi Kommandant ist. Und der hat mit der Kriminalpolizei sowieso noch ein Hühnchen zu rupfen. Und dann noch der Kameradschaftsbund. Die meisten Kameraden sind zwar für eine Wirtshausrauferei fast schon ein bisschen zu alt – ihre strategischen Erfahrungen stellen sie dafür aber umso bereitwilliger zur Verfügung. Und kaum haben die Gendarmen den Wirtshaussaal auch nur betreten, heißt es nicht nur „Einkesseln!" – es ist auch schon passiert. Jetzt muss man wissen, dass es der Watzl Ignaz von Haus aus mit den Nerven hat. Dass es den Herrn Gendarmeriepostenkommandanten schon bei einer normalen Amtshandlung so reißt, wie wenn er den Schüttelfrost hätte. Na, den beutelt es jetzt aber her! So was von eingekesselt! Stalingrad nichts dagegen! Und hätte der junge Otter kein Erbarmen gehabt, hätte es gar nicht gut ausgeschaut für die armen Gendarmen. Aber als Kommandant der Freiwilligen Feuerwehr Trilling muss der Otter Burli auch an das Landesfeuerwehrkommando denken. Er kann ja nicht gut in den Einsatzbericht hineinschreiben: *31 Mann in Uniform zum Begräbnis von Kamerad Baum Harald ausgerückt und bei der Gelegenheit 4 Gendarmen vom Posten Blumenfeld grün und blau gedroschen.* So bleibt ihm nichts anderes über, als dass er ein Machtwort spricht. „Schaut's, dass weiterkommt's, es siebenseidenen Sechter!" ist zwar auch hart an der Grenze zur Amtsehrenbeleidigung – trotzdem können sich die Herren Gendarmen alle zehn Finger abschlecken, dass sie so davonkommen. Praktisch ungeschoren. Wenn man vom Watzl seinem Nervenzusammenbruch absieht.

Weil es ja um mehr geht als wie nur um den Fuzzi. Sicher, dass sie den Fuzzi festnehmen wollten, war schon eine Frechheit sondergleichen. Das war aber nur mehr der berühmte Tropfen, der das Fass zum Überlaufen gebracht hat. Weil eigentlich haben alle schon die längste Zeit einen Pick auf die Gendarmerie. Genauer gesagt: seit man den Harry gefunden hat. Weil seither wimmelt es bei uns nur so vor lauter Gendarmen und Kriminalpolizisten. Ununterbrochen stehen sie da, jeden fratscheln sie aus, alles wollen sie wissen! Wo kommen wir denn da noch hin, wenn das so weitergeht? Noch verhasster nur mehr die Reporter. *So* haben wir nicht bekannt werden wollen – nein, *so* wirklich nicht!

Bis die ganzen Reporter über uns hergefallen sind, war unser St. Anton immer das kleine, unbekannte St. Anton ob der Aist. Im Gegensatz zum weltberühmten St. Anton am Arlberg. Wo jetzt gerade die Weltmeisterschaft war. Alpiner Skilauf. Ausgerechnet jetzt! Praktisch *St. Anton* immer auf der ersten Seite von der Zeitung. Entweder ein österreichischer Skifahrer hat gewonnen: St. Anton am Arlberg. Oder eine neue Mordtheorie: St. Anton ob der Aist. Und: Obwohl die österreichischen Skifahrer gar nicht so schlecht waren – St. Anton ob der Aist war öfter auf der Titelseite! Jetzt war unser St. Anton zwar bekannt, aber halt leider Gottes das Gegenteil von *berühmt*. Nämlich *berüchtigt*: Wie wenn bei uns lauter Leichen herumliegen täten! Oder gar lauter Mörder herumlaufen!

Schon eine Genugtuung, dass man endlich wieder einmal ganz unter sich ist: kein einziger Fremder im Gasthaus *Weiß*! Denn der weitschichtige Onkel vom Harry, den man fast schon verdroschen hätte, weil man ihn für einen verkleideten Polizisten beziehungsweise für einen Reporter gehalten hatte, stellte sich schließlich auch als gebürtiger Mühlviertler heraus. Und weil er für die ganze Feuerwehr gleich eine Runde zahlt, wird ihm sogar verziehen, dass er nach Wiener Neustadt hinuntergeheiratet hat. So dauert es auch nicht lang, bis man die Gendarmen und Polizisten und Reporter – ja, sogar die Trauer um den Harry vergisst, und sich den schönen Dingen des Lebens zuwendet: den Frauen und der Feuerwehr. Und das in einem Aufwaschen! Also –

wo fang ich da am besten an? Beim Grundsätzlichen: Frauen und Feuerwehr eigentlich ein natürlicher Widerspruch. Trotzdem woanders auch schon Frauen bei der Feuerwehr. Bei uns nicht! Sieht man ja eh, was dabei herauskommt! Das war nämlich so: ist einmal eine Feuerwehrjahreshauptversammlung gewesen. Ich sag jetzt nicht wo – man will ja schließlich die Feuerwehr von Dings nicht noch mehr blamieren, als sie eh schon blamiert ist. Und nach dieser Jahreshauptversammlung ist es halt lustig zugegangen. Das ist ganz normal. Im Gasthaus *Otter* wird ja auch nach der Jahreshauptversammlung tarockiert, dass die Fetzen fliegen. Bei der Feuerwehr von Dings ist aber leider nicht tarockiert worden. Wahrscheinlich werden die Feuerwehrfrauen nicht tarockieren haben können. Hat man halt so eine Gaudi gemacht. Von mir aus! Muss ja nicht jeder tarockieren! Nur kommt man dann so ganz ohne Tarockieren oft auf blöde Gedanken. Und heiß wird es halt auch gewesen sein, gell? So ein Haufen Leute – und alle in Uniform – da kann man schon ins Schwitzen kommen. Und wie es der Teufel haben will, kommt so eine Feuerwehrfrau auf die Idee, dass sie sich ein bisserl auszieht. Praktisch Striptease. Natürlich ein Mordshallo! Weil: erstens jung, zweitens fesch und drittens angeblich ein Mordstrumm Busen. Nur halt leider in Uniform. Ich mein: am Schluss natürlich *ohne* Uniform und *ohne* BH, aber vorher *mit*. Das ist ja der Haken an der ganzen Sache: In Uniform musst du dich nämlich anständig aufführen, auf dass du die Ehre deiner Feuerwehr nicht befleckst. Da gehört es sich einfach nicht, dass man auf den Tisch speibt oder in ein dunkles Winkerl von der Schnapsbar brunzt. Obwohl sich das manchmal halt nicht vermeiden lässt. Was sich aber ganz und gar nicht gehört, ist ein Striptease! Ehre der Feuerwehr nicht befleckt – Ehre komplett besudelt! Hat der Kommandant von Dings keinen Spaß verstanden und die Kameradin hinausgeschmissen. Aber nicht nur aus dem Wirtshaus, sondern gleich aus der Feuerwehr. Auch ein bisserl übertrieben, wenn du mich fragst! Weil dadurch ist die ganze Geschichte erst recht aufgebauscht worden. Weil da ist der Streit in der Feuerwehr von Dings erst so richtig losgegangen: Die einen waren für den Kommandanten – die anderen für den Striptease. Hin und her – und her und hin! Und am Schluss ist die halbe Feuerwehr ausgetreten. Nur wegen einer Frau! Ist die Feuerwehr von Dings natürlich im ganzen Mühlviertel zum Gespött geworden.

Und obwohl die Geschichte schon fast ein Jahr her war, hat man sich jetzt im Gasthaus *Weiß* immer noch darüber zerkugelt. „Bevor mir eine Frau zur Feuerwehr kommt, zieh ich lieber noch ihrem Hund eine Uniform an!“, hat der Otter Burli gemeint, wie der Fuzzi vorgeschlagen hat, dass sie die Gucki bei der Trillinger Feuerwehr nehmen, wenn sie jedes Jahr bei der Hauptversammlung einen Striptease hinlegt. „Ich nehm sie sofort!“, hat aber da der Prandegger Mandi geschrien. „Dann kommen wenigstens alle zur Jahreshauptversammlung!“ Und so weiter und so fort. Und vor lauter Gaudi ist die Gucki gar nicht dazugekommen, dass sie die

Blumauer Anni ausfratschelt. Halt ein anderes Mal! Heute steht etwas anderes auf dem Programm: nämlich ein Striptease! Da ist es schon ziemlich spät: die Blumauer Anni ist längst nicht mehr da, die Verwandtschaft vom Harry – abgesehen vom Onkel aus Wiener Neustadt auch nicht – da gibt es doch tatsächlich auch in St. Anton einen Striptease. Und auch in Uniform! Macht aber nichts – der Otter Burli ist sowieso schon am Tisch eingeschlafen und kann daher nicht mehr schimpfen: von wegen Ehre der Feuerwehr. Und außerdem ist es nicht die Gucki, die sich aus der Uniform schält, sondern der Fuzzi. Der macht seine Sache aber auch gut.

VIII

„Stirbt der Bauer im Oktober, braucht er im Winter kein' Pullover!", ist natürlich keine richtige Bauernregel. Nur ein blöder Schmäh. Halt als Bauernregel verkleidet. Sagt man eigentlich nicht. Schon gar nicht einen Tag nach einem Begräbnis. Praktisch pietätlos.

Trotzdem plärrt der Rauh Wick jetzt nicht nur „Stirbt der Bauer im Oktober, braucht er im Winter kein' Pullover!" Sondern auch: „Stirbt der Bauer im Mai, ist er beim Heuen nicht dabei!" Und trotzdem zerkugelt sich die ganze Schnapsbar. Auch die Gucki. Weil sie nämlich schon wieder im Gasthaus *Weiß* gelandet ist. Nur dass heute kein Leichenschmaus ist, sondern der Feuerwehrball. Den hat man leider nicht mehr verschieben können: Begräbnis hin, Begräbnis her.

Die Gucki also in der Schnapsbar. Mit dem Rauh Wick. Jetzt müssen wir uns natürlich fragen, warum die Gucki ausgerechnet mit *dem* in die Schnapsbar geht. Weil der Rauh Wick ja landauf, landab als anlassiger Hund verschrien ist. Wenn einer das Wort *anlassig* nicht kennen sollte: Das ist das Gegenteil von schüchtern. Und dann fordert ihn die Gucki auch noch zum Tanzen auf? Wie Damenwahl war. Der Wick hat sich auch nicht lang bitten lassen und hat ihr gleich nach dem ersten Tanz ein bisserl auf den Busen gegriffen.

Selbstverständlich nicht ohne einen blöden Schmäh. Wie es halt so seine Art ist: „Mei', hat dich da leicht eine Wespen g'stochen? Mitten im Winter? Und gleich zweimal nebeneinand'?" Und die Gucki –? Hat sie ihm eine gepracke – wie man das eigentlich von ihr erwartet? Überhaupt nicht! Gelacht hat sie und den Wick auch noch aufgestachelt. „Ich hab das ja nicht not! Aber bei dir wär so ein Wespenstich echt eine Chance: dass du da unten ein bisserl eine Schwellung zusammenbringst. Weil bis jetzt spür ich nix!", hat sie gesagt und sich zufleiß fest an den Wick gepresst.

Na, so was? Dass die Gucki schon so einen Notstand hat, dass sie nicht einmal vor dem Rauh Wick zurückschreckt? Könnte man meinen. Da liegt man aber total verkehrt! Die Gucki will schon was vom Wick, aber nicht das, was man jetzt vielleicht meint, sondern was ganz was anderes. Nämlich Informationen. Drum sitzt sie ja auch in der Schnapsbar und lässt sich vom Wick ein bisserl antatschen. Viel geht eh nicht, weil ja der Wick ununterbrochen Schmäh führen muss. Ein blöder Schmäh nach dem anderen! Ein Doktor tät in so einem Fall sagen *zwanghaft*. Wie wenn der Wick ein kleines Teuferl im Genick sitzen hätt, das ihm ins Ohr flüstert: „Hoppauf, Wick! Einer geht noch – und noch einer – und noch einer!" Dabei hat ja der Wick eigentlich frei und tät gar nicht Schmäh führen müssen. Entweder ist ihm das schon so in Fleisch und Blut übergegangen, dass er auch in seiner Freizeit nicht mehr damit aufhören kann – oder er ist gar nicht wegen der Gaudi am Feuerwehrball, sondern doch beruflich? Ich mein: nicht dass der Wick jetzt in der Schnapsbar einen Traktor verkauft hätte, aber ein bisserl drüber reden tut er schon. *Verkaufsanbahnungsgespräch* heißt das. Weil der Wick nämlich Landmaschinenvertreter ist. Muss nicht schlecht gehen, sein Geschäft. Sonst tät er nicht so ein Mordstrumm *Mercedes* fahren. Und so mit dem Geld herumschmeißen. Weil er ja nicht nur die Gucki, sondern die ganze Schnapsbar auf einen Tequila einlädt.

Geht aber der Gucki jetzt gegen den Strich. Weil sie ja auch beruflich da ist. Weil sie gleich ein paar wichtige Fragen hätte. An den Wick. Erstens: Wer hat eine Rundballenpresse samt Wickelmaschine und kommt daher als Mörder in Frage? Das weiß der Wick natürlich besser wie jeder andere: Entweder hat er die Maschinen verkauft: dann weiß er es sowieso – oder die Konkurrenz ist ihm zuvorgekommen: dann weiß er es umso besser. Weil er sich geärgert haben wird. Zweitens: Kann man irgendwie feststellen, welcher Silobinkel von welcher Rundballenpresse beziehungsweise von welcher Wickelmaschine stammt? Wenn du einmal die Tatwaffe hast, hast du auch den Mörder. Eh klar! Und drittens: Warum ist das hydraulische Schneidwerk der Rundballenpresse entfernt worden? Das ist jetzt mehr eine psychologische Frage: Was muss sich da im Kopf vom Mörder abgespielt haben, dass er dem Harry zwar das Kreuz bricht, sich aber die Mühe macht, dass er das Schneidwerk abmontiert, damit der Harry nicht auch noch zerfetzt wird?

Fragen über Fragen – und die Gucki kommt nicht einmal dazu, eine einzige zu stellen, weil der Wick die ganze Schnapsbar unterhält und ununterbrochen den Mund offen hat. Immer, wenn sie schon glaubt, jetzt geht es nimmer blöder, fällt ihm wieder ein neuer – noch größerer – Blödsinn ein. Zum Schluss sagt er sogar noch ein Gedicht auf: „Jesus sprach zu seinen Jüngern: / Lasst die Finger von den jungen Dingern! / Lasst sie wachsen und gedeih'n / Bis sie von selbst nach Schwänzen schrei'n!" Bleibt der Gucki also nichts anderes über, als dass sie den Wick wieder auf die Tanzfläche schleppt. Bis sie aber die Antworten auf ihre Fragen endlich aus dem Wick herausgekitzelt hat, ist es auch schon Mitternacht. Und die Gucki total heiser. Und schlecht ist ihr auch. Die Heiserkeit kommt vom Anschreien gegen die *Original Mühlviertler Spitzbuam*, die Schlechtigkeit vom vielen Tanzen und vom vielen In-die-Schnapsbar-Einkehren. Und natürlich auch von den Sprüchen vom Wick. Weil dem gehen die blöden Sprüche noch immer nicht aus. Der läuft jetzt erst schön langsam richtig zur Hochform auf. Wobei seine Sprüche natürlich immer ordinärer werden. Unterste Schublade! Und immer zudringlicher wird er natürlich auch. Weil nämlich die Gucki heute schon wieder ein Kleid anhat. Jahrein, jahraus nur Hosen – und dann gleich zweimal hintereinander ein Kleid? Zwar nicht das kurze schwarze, das wir vom gestrigen Begräbnis her kennen, sondern ein langes rotes. Aber mit einem Mordstrumm Ausschnitt: praktisch Fleischbeschau! Und mit so einem Schlitz auf der Seite: dass man auch was von den Haxen sieht. Und was sieht man da? Keine Strumpfhose – Strümpfe und Straps sieht man da! Kein Wunder, dass da der Wick ganz narrisch wird!

Er muss aber noch Geduld haben. Weil nämlich die Gucki jetzt aufs Klo gegangen ist. Und das dauert bei den *Damen* erfahrungsgemäß ein bisserl länger. Und erst recht auf einem Ball. Da gibt es vor dem Damenklo oft eine richtige Warteschlange. Kommt man natürlich ins Plaudern. Zwangsläufig. Dass die *Spitzbuam* auch nicht jünger werden, der Blonde aber noch immer ein fescher Kerl, obwohl schon zweimal geschieden. Der Meierhansl Charly schon wieder komplett angesoffen und einer gewissen Greti gleich dreimal auf den Fuß gestiegen und außerdem nur von seinem Computer geredet. Morgen zum Mittagessen Spaghetti, was der Mann nicht mag, der aber eh nicht heimkommt vom Frühschoppen. Und so weiter. So Frauengespräche halt. Hört die Gucki gar nicht hin. Muss sowieso nachdenken. Über die Tatwaffe. Sprich: Rundballenpresse. Hat ja auch schon die Nachbarbuben nächtelang über diese Maschine ausgefratschelt. Der Rauh Wick aber letzten Endes doch Spezialist. Ist gleich: neue Erkenntnisse.

Erstens: Die Bauern sind dumm! Eh nur eine winzige Landwirtschaft, aber jeder muss unbedingt jede neue Maschine haben! Mit fünf, sechs Rundballenpressen tät man in ganz St. Anton leicht auskommen, aber nein: Jeder Zweite hat eine herumstehen! Für den Wick ein Bombengeschäft – für die Gucki natürlich blöd: Jeder Zweite in St. Anton hat eine Landwirtschaft, jeder zweite Landwirt hat eine Rundballenpresse – kommt also praktisch jeder Vierte als Mörder in Frage. Und zwar deswegen – das ist jetzt die Antwort auf die zweite Frage –, weil ein Rundballen ausschaut wie der andere. Ich mein: Es gibt schon größere und kleinere, aber du kannst unmöglich sagen, was für einer mit was für einer Maschine gepresst worden ist. Nicht so wie bei einer Kugel, wo du genau feststellen kannst, aus was für einer Waffe sie abgeschossen worden ist. Bringt die Gucki also auch keinen Schritt weiter. Am aufschlussreichsten noch die Antwort auf Frage drei. Warum der Mörder verhindern wollte, dass die Leiche zerfetzt wird, und deswegen das Schneidwerk abmontiert hat, hat der Wick natürlich auch nicht gewusst – dass es aber gar nicht so leicht ist, hat er ihr schon sagen können. Weil er nämlich schon ein paar Mal ein so ein Schneidwerk ausgebaut hat. Weil es gern hin wird. Hilft aber der Gucki eigentlich auch nicht weiter. Nicht einmal, wenn sie davon ausgeht, dass der Harry von einer Rundballenpresse mit einem kaputten Schneidwerk einsiliert worden ist. Weil sie ja nicht der Major Rammer ist und hergehen kann, sämtliche Rundballenpressen in St. Anton zu untersuchen. Weil sie ja als Journalistin keinen Hausdurchsuchungsbefehl kriegt. Obwohl es natürlich *Stadeldurchsuchungsbefehl* heißen müsste. Oder *Maschinenhallendurchsuchungsbefehl*. Weil ja jeder noch so kleine Bauer unbedingt ein Mordstrumm Maschinenhalle hinstellen muss. Bleibt also unterm Strich nicht viel über für die Gucki. Die einzige wirkliche Erkenntnis, die sie aus dem Interview mit dem Wick gewonnen hat, ist, dass man ziemlich gut mit einer Rundballenpresse umgehen können muss, um einen ganzen Menschen in einen Silobinkel einzupacken.

Und für das hat sie sich so saublöd aufgemascherlt und stundenlang dem Wick seine saublöden Sprüche angehört? Vom Angrapschen gar nicht zu reden! Und wenn sie jetzt nicht bald drankommt, macht sie sich auch noch in die Hose! Weil sie schon seit einer Ewigkeit in der Warteschlange vor dem Klo steht. Wenigstens steht sie jetzt schon drinnen. Im – wie sagt man dazu eigentlich? Scheißhaus-Vorhaus? WC-Warteraum? Halt dort, wo das Waschbecken ist. Und der Spiegel. Eh so ein Gedränge vor dem Spiegel, aber dann erhascht die Gucki doch einen Blick auf ihr Spiegelbild. Und schreckt sich direkt. Weil sie so normal ausschaut. Wie eine richtige Frau. So der Typ *Luxusweib*. Da nutzt auch der Bürstenhaarschnitt nichts. Wird durch die knallroten Ohrringe wieder aufgehoben. Fürchterlich! So hat sie nie werden wollen! Sie doch nicht! Sie wollte immer anders sein. Schon von klein auf. Hat mit ihrer *Barbiepuppe* nicht *Friseurin* gespielt, sondern *Stalingrad*. Keine einzige Puppe, die nicht wegen schwerer Erfrierungen eine Beinamputation mittels Laubsäge über sich ergehen lassen hat müssen! Und später hat sie dann keine Mädchenbücher verschlungen, sondern 60 Bände Karl May. Zum Tanzkurs ist sie dann auch nicht mit einem Kleid gekommen, sondern mit einer *Zündapp SV 50*. Auf eine Frisur hat sie sowieso geschissen, dafür hat sie ihr Moped mit Hilfe vom Opa so auffrisiert, dass es auf der Geraden locker 90 Ka-Em-Ha gegangen ist. Und jetzt steht sie auf einem Damenklo und schaut aus wie eine *Barbiepuppe*? Und alles nur wegen der blöden Karriere? Da rennt doch was schief in ihrem Leben! Wenn sie nicht so notwendig aufs Klo hätte müssen, wäre die Gucki auf der Stelle in die Schnapsbar marschiert und hätte ihre existenzielle Krise mit einem Schlag bewältigt. Und das wortwörtlich: Weil sie nämlich dem Wick so eine gepracktt hätte, dass er drei Meter zum Derbremsen gebraucht hätte. Zum Glück für den Wick geht aber jetzt endlich die Klotür auf – und die Gucki hat keine Zeit mehr, über existenzielle Probleme nachzudenken. Kleid heraufwursteln, Unterhose hinunterwursteln – end-lich! Das ist das Einzige, das die Gucki den Männern wirklich neidig ist: dass sie im Stehen brunzen können. Praktisch immer und überall! Und dass sie das auch tun! Da scheißt sich keiner was! Wie wenn es das Natürlichste auf der Welt wär! Wie der Turrini. Der brunzt auch überallhin. Voller Stolz auch noch! Alles aufgepasst: Das ist mein Revier! Kaum denkt die Gucki aber an ihren kleine Turrini, kriegt sie auch schon ein schlechtes Gewissen. So – von wegen Rabenmutter. Gestern hat sie ihn allein daheim gelassen – und heute schon wieder! Gestern hat er ihr in die Küche gebrunzt – wird er ihr heute wieder hineinbrunzen?

Schon hat sie beschlossen, den Feuerwehrball sang- und klanglos zu verlassen und sich die Watschen für den Wick für ein anderes Mal aufzuheben – und hat auch schon nach dem Klopapier gegriffen –, da wird sie auf einmal hellhörig. Jetzt muss man wissen, dass es bei einem Ball auf einem Damenklo zugeht wie in einem Bienenstock: Summ, summ – jede weiß was, jede sagt was! Ein so ein Stimmenwirrwarr, dass du gar nicht mehr hörst, was gesagt wird, sondern nur mehr dieses Gesumse, das alle miteinander erzeugen. Trotzdem hört die Gucki auf einmal eine einzelne Stimme heraus. Weil Stichwort. Blumauer Anni! Da spitzt unsere Gucki natürlich die Ohren. Und wird auch gleich mit einem ganzen Dialog belohnt. Meckernde Stimme: „So was Ausg'schamt's!" Gackernde Stimme: „Na, na – so was? Net zum Glau'm!" Meckern: „Wenn ich's dir doch sag: Das Fräulein Aistleitner kann es mit eigenen Ohren bezeugen, dass die Bauer Rosi die Blumauer Anni gesehen hat! Am Sportlerball! In Blumenfeld!" Gackern: „Geh, na – was d' net sagst?" „Die Rosi hat es ja zuerst auch nicht glauben wollen, weil es ja geheißen hat, dass die Blumauer Anni schon das Brautkleid hat – und dann tanzt die doch glatt in einer Tour!" „Also – ge-hören, ge-hören tut sich das wirklich nicht! Wo doch damals der Baum Harald noch nicht einmal unter der Erd war! Praktisch vermisst!" „Aber das ist ja noch lang nicht alles! In der Schnapsbar ist sie ja auch gesehen worden!" „Na, na – is' möglich? In der Schnapsbar? Und –?" „Na, was schon –? Küssen, küssen hat sie sich lassen! Vom Hennerbichler!" „Vom Hennerbichler? Na, da schau di' an! Von welchem Hennerbichler denn? Weil Hennerbichler gibt es ja mehr!" „Na, vom Hennerbichler Josef aus Walding. *Tscho* sagen's zu ihm. Der, der der Rosi die neue Zentralheizung gemacht hat." „Na – *der* Hennerbichler? Soll der nicht auch hübsch was trinken – was man so hört?" „Da kannst du Gift drauf nehmen!", wird jetzt wieder gemeckert. Aber das hört die Gucki schon gar nicht mehr. Ist schon aufgesprungen und steht vor dem Spiegel und malt sich die Lippen knallrot an. Und lässt die beiden gackern und meckern und meckern und gackern. Auf geht's! Her mit dem Joe!

Der Joe sitzt natürlich dort, wo alle Nachbarbuben sitzen: möglichst weit weg vom Tanzboden. Damit er nur ja nicht tanzen muss. Aber da hat er heute ein Pech gehabt. Weil ihn die Gucki auch schon über die Tanzfläche wirbelt, dass ihm Hören und Sehen vergeht. Wenn der wüsste, dass es ihr sowieso nur darum geht, dass sie ihn in die Schnapsbar abschleppen kann? Das wär ihm tausendmal lieber! Aber leider Gottes müssen sich alle zwei noch ein bisserl gedulden. Jetzt kommt nämlich der Höhepunkt des ganzen Feuerwehrballs: der Nassbewerb! Das muss ich jetzt doch vielleicht ein bisserl erklären. Weil man ja nicht verlangen kann, dass jeder bei der Feuerwehr ist und weiß, was ein Nassbewerb ist. Also: Ein Nassbewerb ist ein Wettkampf zwischen Feuerwehren, bei dem ein richtiges Wasser verwendet wird. Bei den meisten Wettbewerben rennen die Feuerwehrer zwar herum, wie wenn der Teufel hinter ihnen her wär, legen Schläuche noch und nöcher und schreien zum Schluss wie am Spieß „Wasser marsch!" – nur kommt dann trotzdem kein Tropfen Wasser aus dem Strahlrohr heraus. So wie Kinder, die Indianer spielen, halt „Peng!" schreien, wenn sie einen erschießen. Eigentlich eh klar: Weil, was es bei uns Feuerwehrbewerbe gibt – da tät das ganze Mühlviertel absaufen, wenn jedes Mal wirklich Wasser verpritschelt würde.

Damit sind wir aber auch schon wieder beim Feuerwehrball und seinem Höhepunkt, dem Nassbewerb. Natürlich nur ein Juxbewerb. Man kann ja in einem Wirtshaussaal nicht in Echt herumspritzen. Obwohl: reiner Jux auch wieder nicht! Weil Rivalität schon echt. Zwischen den Antonern und den Trillingern nämlich. St. Anton – das ist die Bereichsfeuerwehr: super Tanklöschfahrzeug, hydraulischer Scherenspreizer, und-und-und – praktisch technisch auf dem neuesten Stand! Und Trilling? Ein 18 Jahre altes Kleinlöschfahrzeug – praktisch gar nichts! Halt eine kleine Dorffeuerwehr. Selbstbewusstsein aber ganz und gar nicht klein! Technische Unterlegenheit durch doppelten Einsatz ausgleichen! Kaum ein Brand, bei dem die Trillinger Feuerwehr nicht vor der Feuerwehr aus St. Anton am Brandplatz war! Und das schon seit Generationen! Drum hat es ja früher in St. Anton immer zwei Feuerwehrbälle gegeben. Einen von den Antonern – und einen von den Trillingern. Erst vor ein paar Jahren hat man sich schließlich doch zusammengerauft. Und veranstaltet gemeinsam einen Ball. Aber auch nur, weil es sein muss! Weil keine Feuerwehr mehr allein den Saal vollkriegt. Weil von den Jungen halt doch etliche weggezogen sind. Weil es halt so gar keine Arbeitsplätze gibt bei uns. Aber das ist eher ein traurigeres Kapitel – das gehört da nicht her! Wir sind schließlich auf einem Feuerwehrball – und da geht es lustig zu!

Rivalität pur! Gehen tut es darum, welche Feuerwehr schneller mit einer Handspritze einen Luftballon mit Wasser füllen kann, dass es ihn zerreißt. An der Spritze natürlich der jeweilige Kommandant. Der Otter Burli gegen den Prandegger Mandi. Alle zwei in Einsatzuniform. Alle zwei schwitzen jetzt schon. Langsam, aber sicher wird es still. Es geht ja um was: um die Ehre! Sämtliche Ballgäste haben sich um die Tanzfläche geschart, damit sie nur ja nichts versäumen. Der Joe natürlich auch. Da hätte sich die Gucki die Kleider vom Leib reißen können – ein echter Feuerwehrmann weiß, wo er hingehört! Umsonst ist der Joe auch nicht Löschzugkommandant bei den Trillingern. Und kaum hat der Herr Bürgermeister (natürlich der Bürgermeister von St. Anton, Trilling hat keinen Bürgermeister – und wenn es einen hätte, dann wär es der Otter Burli, der aber jetzt gleich pumpen muss wie ein Wilder) – kaum hat also der Herr Bürgermeister das Kommando gegeben, existiert die Gucki für den Joe nicht mehr. Arsch hin, Busen her: Jetzt geht es um die Feuerwehr! Aber – und das sollte der Gucki eigentlich zu denken geben – kaum hat der Bürgermeister gesagt: „Kommando gilt: Feuerwehr St. Anton und Feuerwehr Trilling zum Löschangriff vorrücken! Wasser marsch!“, plärrt nicht nur der Joe aus Leibeskräften „Tril-ling! Tril-ling!“ – nein, auch die Gucki schreit auf einmal „Tril-ling! Tril-ling!“, was das Zeug hält. Wie wenn es das Normalste auf der Welt wär!

Was so ein Jahr Landleben aus einem Menschen machen kann? Und weil sie dann nach dem triumphalen Sieg (10,2 gegen 29,5 Sekunden) auch noch „Bur-li! Bur-li!" schreien hat müssen, fällt der Gucki gar nicht auf, dass sie den Joe komplett aus den Augen verloren hat und auf einmal mit dem Fuzzi tanzt. Der schaut ihr zwar auch auf den Busen, aber nur, weil er gar nicht anders kann: Ihr Busen ist nämlich genau in seiner Augenhöhe.

Und weil er ihr dann in der Schnapsbar auch noch das *Tequila pervers*-Trinken beibringt, scheißt sie für heute auf ihre Karriere. *Tequila pervers* also: statt dem Salz Zimt. Wird aber nicht auf die eigene Hand geschüttet, sondern auf den verschwitzten Körper des Partners, und zwar in die Grube zwischen Schlüsselbein und Schulter – und dann ein bisserl Orangensaft drauf – und dann schleckt man diesen Batz ab – und dann schnell der Tequila. Sonst musst du so husten, dass du dich anspeibst: der Zimt, der Hund! Zum Schluss schmeckt es der Gucki sogar schon. Und nach dem zehnten Tequila ist ihr der Mörder ziemlich wurscht. Die Schlagzeile für den nächsten Aufmacher hat sie sowieso schon im Kopf: *Rattengift wird Mörder entlarven!* Oder so ähnlich. Doch als sie dem Fuzzi die Geschichte erzählt, muss er sie irgendwie falsch verstanden haben. Denn er bestellt gleich zwei *Tequila tödlich:* „Drei Deka Ratzengift, ein Schluckerl Rum und einen doppelten Tequila!"

IX

„Was der Bauer nicht kennt, frisst er nicht!", sagt man bei uns schon. Die Frage ist nur: wie lange noch? Weil es ja fast nichts mehr gibt, was der Bauer nicht kennt. Zucchini oder Kiwi sind längst was ganz was Normales, Spaghetti und Pizza praktisch schon Hausmannskost. Wird nicht mehr lang dauern, bis es bei jedem Zeltfest statt Bratwürstel Frühlingsrolle gibt. Dabei red ich noch gar nicht von diesem *McDings*: weil da möchte ich ja nicht einmal das Wort in den Mund nehmen – geschweige denn so ein Fleischleiberl-Glumpert! Und wenn ich *Pommes frites* auch nur hör, bete ich auf der Stelle drei *Vaterunser*: auf dass eine ordentliche Erdäpfelkäfer-Invasion diesem Spuk ein Ende bereite! Da hab ich mich jetzt direkt in was verrennt, gell? Wo ich doch was ganz was anderes erzählen wollte? Aber weil's wahr ist!

Erzählen wollte ich eigentlich, dass die Blumauer Anni gesagt hat: „Was der Bauer nicht kennt, frisst er nicht!" Hat außerdem gar nicht das Essen gemeint, sondern was anderes. Praktisch übertragene Bedeutung: Von einem, den die Anni nicht kennt, lässt sie sich zwar auf einen *Red-Red* einladen, aber nicht auf den Arsch greifen. Weil wir uns nämlich schon wieder in einer Schnapsbar befinden. Aber diesmal nicht im Gasthaus *Weiß* in St. Anton, sondern im Gasthaus *Binder* in Blumenfeld. Und es ist auch nicht mehr der 10. Februar 2001, sondern schon längst der 24. Februar

2001. Ist gleich: Faschingsamstag. Und am Faschingsamstag ist beim *Binder* schon seit eh und je Maskenball.

Die Blumauer Anni also in der Schnapsbar. Und wehrt sich mit Händen und Füßen gegen ihren zudringlichen Tanzpartner. Besser gesagt: mit acht Füßen. Weil sie nämlich als *Schwarze Witwe* maskiert ist. Aber jetzt nicht im Sinn von *makaber* – immerhin ist ja der Harry erst vierzehn Tag unter der Erd, sondern als Spinne. Weil eine *Schwarze Witwe* ist irgend so eine giftige Spinne. Vom Amazonas oder sonst wo her. Aber schon ein super Kostüm. Keiner hat die Anni erkannt. Nur der Fuzzi. Weil sie dasselbe Kostüm schon einmal angehabt hat. Vor zwei Jahren. Am Kameradschaftsbundball in Kaltenberg. Die Anni weiß natürlich auch, dass der Fuzzi ihr Kostüm kennt. Weil der Harry und der Fuzzi damals in Kaltenberg als *Fliegen* gegangen sind. Weil sie damals bei der Prämierung der Kostüme den zweiten Platz gemacht haben. Ein 25-Liter-Fassl Freistädter Bier. Trotzdem ist ihr Tanzpartner nicht der Fuzzi. Der Fuzzi ist nämlich keinen Zentimeter größer als sie – eher sogar noch kleiner. Ihr Tänzer aber um einen Kopf größer. Wer kann es dann sonst sein? Sicher irgendein Spezi vom Fuzzi. Die kennt sie sowieso alle. Sind ja gleichzeitig auch die Spezi vom Harry. Besser gesagt: *waren*. Der Joe? Nein, der Joe ist dicker. Der hat mit seinen dreißig Jahren auch schon hübsch einen Bierbauch. Sie hat ja beim Musikerball mit ihm getanzt. Und geschmust auch. Eh ganz harmlos! Trotzdem haben sich die Leute das Maul zerrissen über sie! Sie kann sich doch nicht jahrelang daheim einsperren, nur weil der Harry sang- und klanglos verschwindet! Was ist, wenn er einfach nach Australien abgehaut ist? Hat ja oft genug davon geredet! Hat sie halt ein bisserl geschmust mit dem Joe. Sozusagen zufleiß: weil ihr der Harry nicht einmal eine Ansichtskarte aus Australien geschickt hat. Wie hätte sie denn wissen sollen, dass der arme Harry beim Musikerball schon längst einsiliert war?

Ja, so ein frecher Hund! Jetzt greift er ihr doch glatt auf den Busen! Dann ist es der Websi auch nicht. Der kann noch so einen Rausch haben – der greift keine an. Von Haus aus zu schüchtern! Wer kommt dann sonst noch in Frage? Am End gar der Maxi? Der ist zwar auch schüchtern, aber doch um ein Trumm jünger als die anderen. Ist gleich: dümmer. Hat grad erst den Führerschein gemacht. Und so, wie er Auto fährt, probiert er es auch bei den Frauen: mit der Brechstange! Und von der Statur her tät es auch hinkommen: so einen Meter achtzig, schlank, breite Schultern. Soweit man das bei so einem Kostüm sagen kann. Ihr Tanzpartner geht nämlich als *April.* „April –? Was zieht man denn da an, als April?“, wird man sich jetzt vielleicht fragen. Das ist aber gar nicht so leicht zum Erklären. Das ist eine längere Geschichte. Also: Normalerweise hört man ja in den sogenannten Medien nicht viel von den Bauern. Eigentlich nur dann, wenn es wieder einmal einen Skandal gibt. Rinderskandal, heißt es dann gleich. Oder Schweineskandal. Von dem, dass der Milchpreis ein Skandal ist oder der Fleischpreis, hört man nichts! Aber von dem red ich ja gar nicht – ich rede vom

Jungbauernkalender! Den hat man auch gleich zu einem Skandal aufgebauscht. Wahrscheinlich aus Gewohnheit: Bauern – ist gleich Skandal! Dabei harmloser als harmlos! Hat der Jungbauernbund einen Kalender herausgebracht, auf dem statt den ewigen Landschaften halt fesche junge Frauen drauf sind. Nicht einmal nackert. Zumindest nicht ganz. Kein Vergleich mit dem Kalender der Firma *VA Tech*, der in der Meierhansl-Hütte hängt! Dafür mit einem bäuerlichen Hintergrund: Frau im Heu oder mit Mistgabel oder sonst was. Recht g'schmackig eigentlich! Trotzdem sofort Skandal! Hat aber den Jungbauern nichts gemacht: Erstens war der Kalender in kürzester Zeit ausverkauft, und zweitens hat man endlich einmal von den Bauern geredet, ohne dass es geheißen hat: „Das sind sowieso nur lauter Verbrecher, die die Bevölkerung systematisch vergiften und dafür auch noch einen Haufen Subventionen kassieren!" Jetzt muss man außerdem wissen, dass der Gucki ihre Nachbarbuben seit Jahr und Tag zum Blumenfelder Maskenball als *Gruppe* gehen. Das heißt, dass sie alle so kostümiert sind, dass sie irgendwie zusammengehören. Sagen wir einmal voriges Jahr: Da waren der Websi und der Maxi das Dromedar, der Harry der Wüstenscheich und der Joe, der Fuzzi und noch ein paar andere die Haremsdamen. Die haben dann einen Bauchtanz hingelegt, dass sich die Leute nur mehr zerkugelt haben. Haben sie natürlich wieder einen Preis gewonnen. Gewinnen sie jedes Jahr. Weil sie sich jedes Jahr wirklich was antun: lang wird da herumstudiert! Ist ihnen heuer natürlich der Jungbauern-Kalender eingefallen. Weil sie aber als fesche junge Frauen beim besten Willen nicht gehen können, gehen sie halt als schiache alte Männer. Sozusagen als Altbauern-Kalender. Der Fuzzi hat zwar genauso eine Altmännermaske aufgehabt wie die anderen – trotzdem hat ihn die Anni sofort erkannt. Weil er so eine laute – besser gesagt: markerschütternde – Stimme hat, dass man den Fuzzi überall heraushört. Hat die Anni natürlich gleich gewusst: „Aha, die Altbauern – das sind die Waldinger und die Steininger Buben!" Und einer von denen tanzt ununterbrochen mit ihr und ladet sie jetzt schon auf den dritten *Red-Red* ein. Und hübsch anlassig ist er auch, der Saubär, der elendige! Und sie weiß nicht einmal, wer er ist! Und wird es auch nicht herauskriegen. Weil es schon fast zwölf ist. Um zwölf Demaskierung. Da muss sie aber schon weg sein. Wegen die Leute. Die sich sonst das Maul zerreißen über sie. Wegen dem Harry. Aber der Harry ist tot! Und sie lebt! Muss leben! Weil ja das Leben irgendwie weitergehen muss! Eigentlich schad, dass sie jetzt gehen muss. Wirklich ein guter Tänzer! Nicht wie der Harry. Der hat sowieso nur getanzt, weil es halt sein hat müssen. Und auf die Zehen gestiegen ist er ihr auch ununterbrochen. Nein, ihr Tänzer ist keiner von den Waldinger Buben und auch keiner von den Steininger Buben! Die haben es alle nicht mit dem Tanzen. Und wenn sie tanzen, dann eckiger. Nicht mit dieser Geschmeidigkeit! Nicht mit dieser Eleganz!

Um Gottes Willen! Vor lauter Studieren ist ihr jetzt gar nicht aufgefallen, dass die Musik nicht mehr spielt. Dass schon die Preisverteilung für die besten Masken begonnen hat. Auf der Stelle muss sie verschwinden! Nie wird sie herauskriegen, mit wem sie so super getanzt hat! So super wie noch nie! Wenigstens verabschieden muss sie sich noch! Obwohl sie eigentlich nur sagen wollte, „Dankschön, pfiat di!“ denkt sie: „Jetzt oder nie!“, und hat ihrem eleganten Tänzer auch schon mit einem Ruck die Maske heruntergerissen. Und kann sich einen Moment lang vor lauter Entsetzen gar nicht rühren. Rennt dann los, wie wenn der Teufel hinter ihr her wär. Merkt erst, wie sie schon bei ihrem Auto ist, dass sie noch immer die Maske in der Hand hat. Lässt sie mit einem Schrei fallen. Der Mann, mit dem sie den ganzen Abend getanzt hat, der ihr den ganzen Abend lang auf den Busen und den Arsch gegriffen hat, hat zwar eine blonde Stoppelfrisur, ist aber sonst eine Frau. Eine schöne junge Frau!

Während die Gucki noch überlegt, ob sie der Anni hinterherrennen soll, um etwaige Missverständnisse aufzuklären, hat sie aber auch schon der Fuzzi am Arm gepackt und schleppt sie siegessicher in den Saal. „Im schlechtesten Fall Dritter!“, hat er ihr am Nachmittag prophezeit. Wie er sie zum Mittun überredet hat. Weil der Charly ausgefallen ist. Grippe. Weil es trotzdem zwölf Altbauern sein haben müssen. Hat ja der Jungbauern-Kalender auch zwölf Monate. Aber noch ist es nicht so weit. Noch wird nicht der Preis für die beste Gruppe vergeben, sondern der für die beste Einzel-Maske. Ein Mordstrumm Geschenkskorb, gespendet vom beliebten Nahversorger Ferdinand Ripper. Weil aber die *Schwarze Spinne* nicht und nicht gefunden werden kann, kriegt das *Handy* den Geschenkskorb. Wirklich originell: Die Tasten hat man drücken können, geläutet hat es auch und manchmal sogar geredet. „Ruf mich doch an!", hat es zum Beispiel gesagt. Zwar mit ein bisserl einem Zungenschlag, dafür aber mit einer echten Telefonstimme: irgendwie verzerrt. Technische Meisterleistung! Hat den Preis wirklich verdient! Frage nicht, wie du da schwitzt unter so einem Kostüm! Und was glaubst du, wer unter dem *Handy* zum Vorschein kommt? Der Charly kommt zum Vorschein! Der angeblich mit Grippe im Bett liegt! Den hat es nämlich total gewurmt, dass er im Vorjahr keinen Preis gemacht hat. Da ist er als Computer gegangen. Technisch noch raffinierter! Nur ist er halt vor lauter Rausch am Scheißhaus eingeschlafen und erst Stunden nach der Demaskierung wieder aufgewacht. Als Nächstes gibt es dann den Preis für das beste Paar. Und obwohl der *Yeti* mehr wie ein Schaf ausschaut, heißen die Sieger *Yeti* und *Reinhold Messner.* Gewinnen einen Tagesausflug ins Thermalbad Geinberg für zwei Personen, gespendet vom beliebten Busunternehmen Sepp Bummerl. Jetzt kommt aber auch schon der Höhepunkt: die Prämierung der besten Gruppe. Und – was soll ich es denn lang spannend machen? – natürlich geht der erste Preis an den *Altbauern-Kalender*. Ein Preis, der sich sehen lassen kann: ein 5-Kilo-Laib-Brot, drei Stangen Wurst und ein 50-Liter-Fassl-Bier. Da müssen sie morgen beim Tarockieren nicht verhungern und verdursten schon gar nicht. Wenn die Gucki morgen überhaupt tarockieren kann. Weil es jetzt natürlich sofort in die Schnapsbar geht. Siegesfeier! Dabei ist der Gucki überhaupt nicht zum Feiern zumute. Hat es sich mit der Blumauer Anni ziemlich vertan. Die redet bestimmt kein Wort mehr mit ihr! Dabei hat sie nur herausfinden wollen, ob einer scharf auf die Anni ist. Sprich: eifersüchtig! Drum hat sie ja die Nachbarbuben ausgefratschelt, ob die Anni am Maskenball ist. Und dann die Anni praktisch als Köder verwendet. Und das ganze Mit-der-Anni-Tanzen und das ganze Die-Anni-Angrapschen war nichts anderes als das Spinnennetz, in dem sie den Mörder fangen wollte. Nur leider ohne den geringsten Erfolg! Der einzige Erfolg war der, dass ihr der Maxi bei der Siegesfeier ins Ohr geflüstert hat: „Mir macht das nix, dass du lesbisch bist. Wirst sehen, ich werd dich schon noch bekehren!“ Und weil er das ganz ernsthaft sagt und ihr dann auch noch ein Busserl auf die Wange gibt und außerdem gerade 18 Jahre alt geworden ist, sagt die Gucki: „Hoffentlich!“ Und schmeißt sich dem Maxi an den Hals und gibt ihm einen Zungenkuss, dass ihm Hören und Sehen vergeht. Und wenn jetzt nicht der Fuzzi die Gucki zum Tanzen geholt hätte – wer weiß, ob sie den kleinen Maxi nicht gleich in der Schnapsbar vernascht hätte?

So aber muss sie sich mitten auf der Tanzfläche vom Fuzzi eine ordentliche Moralpredigt anhören. Aber nicht von wegen 18-jährige-Buben-verführen, sondern von wegen Freundschaft-der-Nachbarbuben-ausnutzen. „Schau, Gucki,“ so beginnt jetzt der Fuzzi quasi als Einleitung. „Ich bin natürlich nur ein gewöhnlicher Mechaniker. Aber glaubst du leicht, ich merk das nicht, dass du nicht wegen der Gaudi mit uns zusammen bist, sondern nur, dass du uns aushorchen kannst?" Der Fuzzi sagt das natürlich mit lachendem Gesicht – wie es halt so seine Art ist – trotzdem merkt die Gucki sofort, dass er es ernst meint. Und recht hat er außerdem auch noch. Die Nachbarbuben waren von Anfang an nett zu ihr: freundlich, offen, hilfsbereit! Der Fuzzi hat ihr das Auto hergerichtet, der Joe die Wasserleitung, der Websi hat ihr sämtliche wackeligen Möbel wieder zusammengeleimt, und der Maxi hat ihr erst gestern das Schloss von der Haustür repariert. Und wie hat ihnen die Gucki das vergolten? Indem sie sie behandelt wie Trottel! Das kann sie aber natürlich nicht so ohne Weiteres zugeben. Muss also zum Gegenangriff übergehen. „Willst du vielleicht nicht, dass der Mörder vom Harry gefasst wird?", reibt sie dem Fuzzi unter die Nase. Das sitzt! Da ist sogar der Fuzzi schmähstad. Aber nicht lange. Denn kaum ist der langsame Walzer zu Ende, schleppt er die Gucki auch schon in das hinterste Winkerl der Schnapsbar und fährt mit seiner Moralpredigt fort: „Glaubst du leicht, uns ist der Harry wurscht? Glaubst du leicht, wir machen uns keine Gedanken? Glaubst du leicht, wir sind komplette Arschlöcher?" Was soll die Gucki da sagen? Am besten gar nichts. Der Fuzzi ist sowieso nicht zum Derbremsen, wenn er einmal richtig in Fahrt ist. Wenn er nur nicht gar so laut schreien würde! „Glaubst du leicht, dass wir nicht alle schon überrissen haben, auf was du mit deiner ewigen Fragerei hinauswillst? Dass einer von uns den Harry auf dem Gewissen hat! Wegen der Anni! Hab ich recht – oder nicht?"

Oje, jetzt muss sie doch was sagen! Nur: was? Normalerweise hätte sie einen Schmäh gemacht. Zum Beispiel: „Dich hab ich nicht in Verdacht. Weil du ja sowieso nicht auf Frauen stehst, sondern nur auf Autos!" Der Fuzzi hätte ja wirklich für eine Frau keine Zeit gehabt: Am Tag hat er beim *Peugeot Leisch* gearbeitet, und in der Nacht hat er in seiner eigenen Werkstatt gearbeitet. Hat von Montag bis Freitag bis Mitternacht gepfuscht. Und manchmal auch noch den ganzen Samstag. Und wenn er dann fortgegangen ist, ist er nach fünf, sechs Bier vor lauter Übermüdung eingeschlafen. Oft mitten im Satz. Sogar beim Tarockieren. Einmal sogar mitten in einem Solo-Dreier! Mit zwölf Tarock, Tulli, Kakadu, Wildsau! Praktisch so gute Karten, dass ein Toter lebendig werden tät! Der Fuzzi ist trotzdem eingeschlafen. Also, der bringt wirklich keinen wegen einer Frau um! Höchstens wegen einer Autowerkstatt! Aber – wie schon gesagt – die Gucki hat in dieser Situation sowieso lieber aufs Schmähführen verzichtet. Hat es mit der Wahrheit probiert: „Dass einer von euch einen Mord begangen hat – keine Ahnung, ob ich euch das wirklich zugetraut hab? Aber möglich ist alles. Wenn Eifersucht im Spiel ist –."

Das hat sie jetzt von ihrer Ehrlichkeit, die Gucki! Kaum dass sie das mit der Eifersucht heraußen hat, plärrt der Fuzzi nicht etwa „Arschloch!", wie sie eigentlich erwartet hat – nein, es zerreißt ihn fast vor lauter Lachen. „Eifersucht? Ich brunz mich an!", heißt es da. „Eifersucht? Na, so ein Schmarrn! Eifersucht! Haben sie dir leicht ins Hirn geschissen?" Und so weiter. Bis es der Gucki reicht: „Und was ist deiner Meinung nach dann das Mordmotiv? Sparsamkeit? Dass sich der Mörder das Gras für den Silobinkel sparen wollte?" Aber der Fuzzi überhört diese Bemerkung. „Hast du denn wirklich keine Ahnung, was für Geschäfte der Harry gemacht hat?", fragt er die Gucki. „Die Geschichte mit den gefälschten Antiquitäten – meinst du das?" „Geh, das war ja noch gar nichts! Der Harry hat ja noch ganz andere Sachen gedreht!" Und jetzt passiert was, was sich die Gucki nie hätte träumen lassen: Der Fuzzi, der grundsätzlich plärrt, wenn er den Mund aufmacht, flüstert auf einmal. Ich mein: schon lauter wie ein normaler Mensch – praktisch wie wenn ein normaler Mensch schreien täte – für den Fuzzi ist es aber trotzdem leise: „Der Harry hat in letzter Zeit nicht mehr mit Möbel gehandelt, sondern mit anderen Sachen. Frag mich nicht, mit was! Keine Ahnung! Er hat ja nichts ausgeplaudert. Nur so Andeutungen gemacht. Aber Geld hat er auf einmal gehabt wie Heu. Neuer Traktor, neuer Stall, neue Maschinenhalle! Hat ihn aber bald auch nicht mehr interessiert. Hat immer öfter vom Auswandern geredet. Eine Farm in Australien. Eine riesige Farm! Hat aber keiner so richtig ernst genommen. Ich zumindest nicht. Ich hab ihn immer gepflanzt: ob er dann mit die Känguru tarockieren will?" Ganz einwendig ist er auf einmal, der kleine Fuzzi. Schaut ins Narrenkastl, wie man so sagt. Bringt kein Wort mehr heraus. Muss ihn die Gucki natürlich aufheitern: „Ich tät nie mit einem Känguru tarockieren! Das hat sicher haufenweise falsche Karten in seinem Beutel!" Aber der Fuzzi lacht kein bisserl. Der Fuzzi ist wieder einmal eingeschlafen.

X

„Zum Essen und Beten soll man niemand nöt'en!", wird bei uns gern und oft gesagt. Aber halten tut sich kein Schwein dran! Ich mein: Zum Beten wirst du natürlich nicht genötigt. Wie denn auch? Kann ja keiner sagen: „Jetzt bet gefälligst!" Aber schief angeschaut wirst du schon, wenn du aufs Beten vergisst.

So, wie die Gucki beim Harry seinem Begräbnis schief angeschaut worden ist, weil sie nicht mitgebetet hat. Auf dem Friedhof hat sie wenigstens so mit den Zähnen geklappert, dass man meinen hat können, sie betet. Beim Leichenschmaus aber logischerweise kein Zähneklappern mehr. Ist das Nicht-Beten natürlich aufgefallen. Dem Fräulein Ehrenmüller zum Beispiel. Hat aber nichts gesagt. Zumindest zur Gucki nicht. Sonst hat sie es schon einem jeden gesagt, der es hören hat wollen, dass das Fräulein Wurm vor dem Essen kein bisserl gebetet hat. Kann man aber trotzdem nicht von Nötigung sprechen. Beim Essen dagegen passiert dir das schon: dass du essen musst – ob du willst oder nicht. Sagt natürlich auch keiner: „Jetzt iss!" Mehr so hinten herum: „Schmeckt es dir leicht nicht?" Oder: „Bist leicht was Besseres gewöhnt?" So was in der Art halt. Praktisch indirekte Nötigung.

Drum sagt die Frau Weber auch: „Ist halt nichts Besonderes, gell? Nur was Gewöhnliches. Wird Ihnen halt nicht schmecken –?“ Bleibt der Gucki also gar nichts anderes über, als dass sie zugreift. Ausschauen tut es eh gut. Ein Speck, ein kaltes Bratl, ein kaltes Schnitzel und ein Topfenkas. Lauter Sachen, die die Gucki normalerweise gern isst. Nur ist heute leider nicht normalerweise. Weil Faschingmontag ist. Vorgestern war der Maskenball, gestern Tarockieren auf der Meierhansl-Hütte und heute war der schlimmste Montag, den die Gucki je erlebt hat, seit sie bei den *Mühlviertler Nachrichten* ist. Angefangen hat es damit, dass sie verschlafen hat. Dann hat sie ihren Kaffee schwarz trinken können, weil keine Milch mehr daheim war. Dann ist sie mit dem *Karman Ghia* gleich am ersten Berg hängengeblieben. Hat zum Meierhansl hatschen können, dass er sie mit dem Traktor herausreißt. Bei der Gelegenheit hat ihr der gleich angekündigt, dass er den Turrini erschießt, wenn er ihn noch einmal beim Jagen erwischt. Weil sie am Sonntagvormittag beim besten Willen nicht Gassi gehen hat können und den kleinen Turrini einfach bei der Tür hinausgelassen hat. Und dann weitergeschlafen. Das war aber noch lang nicht alles! In der Redaktion ist es dann erst so richtig losgegangen mit dem Geschissen-Sein. Die Hatzl hat höhnisch zur Kenntnis genommen, dass die Gucki im Mordfall Baum keinen Millimeter weitergekommen ist. Drei Wochen hintereinander den Aufmacher – und heute Null-komma-nix! Aus den Andeutungen vom Fuzzi allein hat sie ja nichts machen können. Hat aber trotzdem nicht aufgegeben. Und bei der Kriminalpolizei angerufen. Leider der Rammer am Apparat. Ist das Schädelweh gleich noch einmal ärger geworden, wie sie dem seine Stimme gehört hat. Hat natürlich nichts ausgeplaudert. Von wegen auffällige Bewegungen auf dem Konto vom Harry. Hat ihr dafür unter die Nase gerieben, dass er jetzt in eine ganz eine andere Richtung ermittelt. In welche, natürlich nicht. „Da müssen Sie schon selber draufkommen, Frau Obergescheit!", hat er gesagt. Und blöd gelacht natürlich auch. Hat die Gucki aber noch immer nicht aufgegeben. Und beim Baum angerufen. War ihr eh peinlich. Hat sich vom Vater vom Harry ordentlich beschimpfen lassen können. Hat aber auf diese Weise immerhin herausgekriegt, welche Spur der Rammer verfolgt. So ein Blindgänger! Glaubt doch tatsächlich, dass der Harry von einer seiner drei Schwestern beziehungsweise Schwager ermordet worden ist. Von wegen Erbschaft. Und das nur, weil der Silobinkel, in dem der Harry versteckt war, bei einem Haufen Binkel gelegen ist, die dem Harry selber gehört haben. Nichts leichter, als dass man da einen Binkel dazulegt! Fällt ja keinem auf, ob da jetzt 12 Binkel oder 13 Binkel herumliegen. Höchstens dem Bauern, der sie gemacht hat. Also dem Harry. Und der war tot. Der Gucki ist es ja auch nicht aufgefallen. Erst wie sie nachgeschaut hat. Da hat sie dann sogar den Beweis gehabt. Schwarz auf weiß. Weil sie in ihrer Freizeit grundsätzlich nur Schwarz-Weiß-Fotos macht. Auch von den Silobinkeln. Im Sommer. Und da waren es nachweislich nur 12 Binkel. Ist gleich: der Beweis, dass der Binkel mit der Leiche vom Harry später dazugekommen ist. Aber ein Aufmacher – nein, ein Aufmacher war das auch keiner!

Jetzt hat die Gucki doch aufgeben müssen. Sprich: Alltag. Und Alltag heißt bei den *Mühlviertler Nachrichten* um diese Jahreszeit: mangelhafte Schneeräumung, Faschingsumzüge und humoristisch dichtende Tierarztgattinnen. Und das alles mit einem Mordstrumm Kater! Hat sie den Tag halt irgendwie heruntergebogen. Mit Ach und Krach. Beziehungsweise mit drei *Aspirin C* und zweimal Speiben. Und wie sie dann endlich daheim war und nur mehr ins Bett fallen wollte – das auch noch! Die langersehnten Antwortbriefe vom *profil* und vom *Standard* – jetzt waren sie da. Nur halt nicht mit dem Inhalt, den sie erhofft – ja, eigentlich: erwartet – hatte. Nicht, dass sie in Wien unten schon jahrelang auf so eine brillante Journalistin warten, hat man ihr mitgeteilt, sondern, *dass Regionalberichterstattung nicht im Blickfeld des Mediums liegt (profil)* beziehungsweise *dass ihr journalistischer Stil nicht zur Blattlinie passt (Der Standard).* Praktisch: Schuster, bleib bei deinem Leisten! Oder – noch deutlicher: Provinztrampel, bleib in der Provinz! Aus und vorbei der Traum von einer Karriere! Aus und vorbei der Traum vom süßen Leben in Wien! Kein Kino, kein Theater, kein Restaurant, keine Männer! Stattdessen Blasmusikkonzerte, Fronleichnamsprozessionen, Zeltfeste und die Nachbarbuben! Und das bis an ihr Lebensende! Jede andere Frau hätte sich jetzt ins Bett gelegt und geweint oder die beste Freundin angerufen und geweint oder einfach nur geweint. Die Gucki nicht! Die Gucki hat eine Wut. Und war für eine! Jetzt erst recht! Jetzt zeigt sie diesen arroganten Arschlöchern vom *profil* und vom *Standard,* was Journalismus ist!

Was heißt da *Journalismus?* Jetzt zeigt sie ihnen, wo Gott wohnt! Und wenn sie den Mord ganz allein aufklären muss! Verflogen die Müdigkeit, verflogen das Schädelweh – auf geht's!

Drum sitzt sie jetzt auch beim Weber und stopft mit Todesverachtung Bratl, Schnitzel und Speck in sich hinein. Und die Frau Weber sagt: „Zum Essen und Beten soll man niemand nöt'en!" Nachdem sie die Gucki so lange genötigt hat, bis sie endlich zugegriffen hat. Weil der Websi nicht und nicht dahergekommen ist. Die Frau Weber hat natürlich nicht gesagt *Websi*, sondern *Hansi*. *Websi* ist nämlich nur der Spitzname – schreiben tut er sich *Johann Weber*. Aber wirklich nur *schreiben*. Weil sagen tut man bei uns den Spitznamen oder den Hausnamen. Das ist für die Gucki noch immer ziemlich verwirrend. Weil sie sich bei jedem, der ihr über den Weg rennt, vier Namen merken muss: Vorname, Familienname, Hausname, Spitzname. Wobei es bei den Hausnamen noch Ergänzungen gibt. Sagen wir einmal: beim Meierhansl. Der Franz, der ihr heute schon mit dem Hund-Erschießen gedroht hat, heißt nur *Meierhansl*. Weil er der Bauer ist. Ist gleich: identisch mit dem Haus. Sein Vater, der Karl, ist der *Alt-Meierhansl*. Und sein Bruder, der heißt auch Karl – das ist der mit dem Computerwahn – ist der *Meierhansl-Charly*. Gar nicht so leicht, gell?

Leitner – das ist der Hausname vom Websi –, das hat die Gucki zum Beispiel noch überhaupt nie gehört. Und einiges andere auch nicht, was ihr jetzt, während sie isst, die Frau Weber über ihren Sohn erzählt. Interessant! Da kennt die Gucki den Websi jetzt seit einem halben Jahr, spielt zweimal wöchentlich mit ihm Karten und hat dabei mit ihm mindestens 20 Kisten Bier gesoffen und 200 Zigaretten geraucht – und dann erzählt ihr seine Mama, dass der Websi ein grundsolider Bursch ist: praktisch kein Alkohol und kein Nikotin, wenn ihn nicht falsche Freunde hie und da verleiten täten – und so anständig, kein so ein Hallodri wie die anderen – und so tüchtig und arbeitsam – und sparsam auch – und überhaupt – mit einem Wort: der ideale Ehemann! Na, da schau di' an! Deswegen also die überschwängliche Freundlichkeit und die noch überschwänglichere Bewirtung: Die Frau Weber hat es sich in den Kopf gesetzt, dass eine junge Bäuerin her muss – und wenn es eine Journalistin mit Stoppelglatze ist, die noch dazu frisst wie ein Mähdrescher! Die ersten Bissen hat die Gucki direkt hinunterwürgen müssen, aber schön langsam hat es ihr wirklich geschmeckt. Hat ja die letzten zwei Tage praktisch nichts gegessen. Und wenn dann nicht doch noch der Websi gekommen wäre, hätte sie die Jause, die für eine Großfamilie gereicht hätte, ganz allein verputzt.

Dem Websi geht es natürlich auch nicht viel besser als wie der Gucki. War ja vorgestern auch am Maskenball und gestern auch in der Meierhansl-Hütte. Und heute den ganzen Tag arbeiten und Überstunden auch noch! Kasweiß ist er, wie er heimkommt. Wird aber schlagartig knallrot. Weil die Mama so tut, wie wenn die Gucki praktisch schon ihre

Schwiegertochter wär. Ist froh, dass er mit der Gucki in seine Werkstatt flüchten kann. Und widmet sich gleich mit Feuereifer der Brotlade. Die ist der Gucki ihr Alibi. Hat ja nicht einfach so hereinschneien können und fragen: „Du, Websi, was weißt du denn über dem Harry seine kriminellen Geschäfte?" Hat schon irgendeinen Vorwand gebraucht. Und kurzerhand die Brotlade von ihrem alten Tisch zerlegt. Damit sie der Websi wieder zusammenleimen kann. Ist ja Tischler. Hat ja sogar gemeinsam mit dem Harry gelernt. Und war zusammen mit dem Harry auf Montage. In Moskau und in Kiew und sogar in Stalingrad. Ist zwar schon ein paar Jahre her – trotzdem erzählt der Websi immer noch gern von dieser Zeit. Von wegen Abenteuer. So wie der Gucki ihr Opa immer vom Krieg erzählt hat.

Erzählt ja schon wieder von den Russen. Der Websi – nicht der Opa. Die Geschichte, wie die russischen Huren in der Nacht in den Schlafcontainer hereingekommen sind. Die hat die Gucki schon mindestens drei Mal gehört. Statt dass er über dem Harry seine Geschäfte erzählen tät. Muss die Gucki schon ein bisschen direkter werden. „Du und der Harry", beginnt sie also und hält dem Harry eine Schraubzwinge hin – wie wenn sie eine Krankenschwester wär, der Websi aber Brotladen-Chirurg – „du und der Harry, ihr habt's ja angeblich miteinander Geschäfte gemacht, die – sagen wir einmal – nicht ganz astrein waren?" „Ganz *legal* vielleicht nicht, *astrein* aber schon!", sagt der Websi und lacht. „Weil astrein waren unsere *Hirschbacher Bauernkästen* immer. Im

Sinn von: dass wir Bretter ohne Ast hergenommen haben. Nur waren unsere Bauernkästen halt nicht aus Hirschbach, sondern aus Steining. Und 200 Jahre alt waren sie auch nicht. Sondern hergerichtet auf 200 Jahre: Ich hab die Bretter händisch gehobelt, der Harry hat sie mit Naturfarben angemalt, und dann haben wir sie mit dem Hochdruckreiniger gebleicht. War ein Bombengeschäft. Aufgehört haben wir nur, weil so ein blöder Hofrat aus Linz unbedingt dem Hirschbacher Bauernmöbelmuseum so einen Kasten schenken hat müssen. Haben wir schon geglaubt, sie kommen uns dahinter. Experten und so. War aber nix! Bis heute steht unser Kasten noch im Museum. Und – wenn du mich fragst – unser Kasten schaut mit Abstand am ältesten aus!"

An und für sich eine gute Geschichte. Nur halt nicht das, was die Gucki hören will. Muss sie noch deutlicher werden. „Mein lieber Websi", sagt sie also – und wird dabei ziemlich laut – „wegen ein paar Bauernkästen wirst du nicht umgebracht! Was ich meine, sind kriminelle Geschäfte. Richtig kriminelle Geschäfte! Wo es um richtig viel Geld geht!" Die letzten Sätze hat sie fast schon geschrien. Wie kommt der Websi dazu, dass er sich von ihr zusammenschreien lässt? Und noch dazu als Krimineller verdächtigen? Hinausschmeißen wird er sie! Mitsamt ihrer Brotlade! Aber der Websi lacht nur. „Siehst du da herinnen irgendwo einen Reichtum?", fragt er sie. Und schleppt sie auch schon zu seinem Werkstattkühlschrank. „Schauen wir einmal, wo der Kaviar und der Champagner versteckt sind!" Ist aber nur Bier drinnen.

Dafür eine ganze Kiste. Mindestens. Trinken sie halt ein Bier. Gleich aus dem Flaschl. Das Aus-dem-Flaschl-Trinken ist für die Gucki sowieso schon normal. Seit sie in Steining ist. Auf der Baustelle ist aus dem Flaschl getrunken worden, in der Meierhansl-Hütte wird aus dem Flaschl getrunken und wie die Gucki das letzte Mal in Wien war, hat sie aus lauter Gewohnheit auch aus dem Flaschl getrunken. Das war beim Abendessen mit der Sybille und mit dem Oliver. Der Pathologe, der herausgefunden hat, dass die Krähe an Ratzengift eingegangen ist. Na, der hat vielleicht blöd geschaut, wie die Gucki aus dem Flaschl getrunken hat! Weil ja Biergläser auf dem Tisch gestanden sind. Muss die Gucki direkt lachen, wie ihr das jetzt wieder einfällt.

Dafür ist der Websi auf einmal ernst geworden. „Bei die nächsten Geschäfte vom Harry hab ich dann nicht mehr mitgetan“, sagt er. Ganz leise. Wie wenn sie wer hören könnte. Dabei sitzen sie ganz allein in der Werkstatt. „Antike Möbel. Da war schon Bestechung im Spiel. Beim Zoll. War mir eine Nummer zu groß. Aber dabei ist es ja nicht geblieben. Als Nächstes ist dann Schmuck drangekommen. Und dann – dann hab ich gar nicht mehr wissen wollen, was für Geschäfte der Harry macht. Waffen waren auf jeden Fall auch dabei. Ist er auf einmal mit einer ganzen Busladung voll angerückt. Mitten in der Nacht. Vor zwei Jahren war das. Wie dieser Waffenhändlerring aufgeflogen ist. Ein Haufen Verhaftungen. Ist dem Harry natürlich der Reiß gegangen, dass einer was ausplaudert. Und dann Hausdurchsuchung.

Und dann Häfen. Hab ich die Waffen halt am Heuboden versteckt. Frag mich nicht, was für welche! In Kisten drinnen. Mit so russischen Buchstaben. Aber anscheinend hat keiner den Harry verpfiffen. Nicht einmal eine Hausdurchsuchung. Und nach ein paar Wochen ist er wieder mitten in der Nacht dagestanden und hat mit lachendem Gesicht gesagt, jetzt macht er mit seinen Kisten einen Jugoslawienurlaub. Dass sie sich von dem Schreck erholen. Von da an war es aus mit unserer Freundschaft. Weil er mir tatsächlich Geld geben wollte. Für das Verstecken. Ab dann weiß ich überhaupt nicht mehr, was für Geschäfte der Harry gemacht hat. Und die anderen – die anderen wissen auch nichts. Der Fuzzi oder der Joe oder der Charly oder sonst wer. Wir haben ja oft genug geredet über den Harry. Weil er auf einmal ganz anders war. Nicht mehr der Harry von früher. Mit dem es immer eine Gaudi war. Nur mehr verbissen ist er gewesen. Hat nur mehr vom Auswandern geredet. Eine Riesenfarm in Australien. Dabei hat er daheim in der Landwirtschaft keinen Handgriff mehr getan. Und Tarockieren ist er zum Schluss auch nicht mehr gekommen. Kannst du dir also ruhig sparen, dass du die anderen auch verhörst. Und womöglich auch noch dein Auto ruinierst oder deine Heizung oder deinen Computer. Die Brotlade genügt. Wie hast du sie denn überhaupt zerlegt?" Die Gucki seufzt: „War gar nicht so leicht. Mit dem Schnitzelklopfer und mit einem Schraubenzieher." „Tüchtig!", sagt der Websi. Dann sitzen sie eine Zeit lang einfach nur da und sagen nichts. Bis das Bier ausgetrunken ist. Dann sagt die Gucki: „Danke!" Und der Websi: „Gute Nacht!"

Am nächsten Tag wollte die Gucki eigentlich endlich einmal ausschlafen. Wird aber nichts. Weil der Turrini schon in aller Herrgottsfrüh bellt wie ein Wilder. Weil nämlich der Websi vor der Tür steht. Und der Gucki die Brotlade bringt. Und sich den Galgen anschaut, auf dem die Krähe aufgehängt war. Bis jetzt hat er ihn nur vom Foto in den *Mühlviertler Nachrichten* gekannt. Ein Blick genügt – und der Websi sagt: „Pfusch!" Das heißt aber jetzt nicht, dass der Galgen von einem Handwerker ohne Steuer zu zahlen gemacht worden ist – *Pfusch* heißt in diesem Fall, dass der Galgen von einem handwerklich ungeschickten Menschen fabriziert worden ist. Und der Websi – als gelernter Tischler – erklärt ihr auch, warum und wieso das ein handwerklicher Murks ist: keine Gehrung geschnitten, Nägel durch Äste und-und-und. Und stellt auch schon eine ganz entscheidende Frage: „Wie gibt es das, dass einer – praktisch der Mörder vom Harry – mit einer Rundballenpresse umgehen kann – und dann nicht einmal eine halbwegs anständige Tischlerarbeit zusammenbringt?" Jetzt ist die Gucki schlagartig hellwach. Das ist wirklich ein Widerspruch! Weil bei uns ist ein jeder Bauer gleichzeitig auch ein geschickter Handwerker, der alles selber macht, weil er ja gar nicht das Geld hätte, dass er für eine Reparatur jemanden verzahlt. Scheiden also sämtliche Bauern als Mörder aus! Wer kann aber dann noch mit einer Rundballenpresse umgehen? Gehört der Besuch einer landwirtschaftlichen Fachschule vielleicht gar zur Ausbildung von einem Mafiakiller?

XI

„Pudern, Ficken, Mausen ist die schönste Jausen!“, sagt man ganz einfach nicht. Gehört sich nicht. Und ziemlich primitiv ist es auch. Das sagt man höchstens in Ausnahmesituationen. Wenn einem alles wurscht ist. Sagen wir einmal: wenn du gerade mitten in der Pubertät bist – und dir kommt die Geilheit schon bei den Ohren heraus. Da sagt man unter Umständen auch noch ganz andere Sachen. „Oh Fut, oh Fut, du hast es gut – brauchst keinen Mantel und keinen Hut!“ zum Beispiel. Da könnt ich noch stundenlang so Sprücherl aufsagen! Tu ich aber eh nicht. *Ich* weiß ja, was sich gehört!

Der Schlecker Erwin anscheinend nicht. Sonst tät er jetzt nicht „Pudern, Ficken, Mausen ist die schönste Jausen!“ sagen. Und dann auch noch die Gucki herausfordernd anschauen. Und dass er in der Pubertät wär – praktisch Entschuldigung – kann man auch nicht gerade behaupten. Weil er schon mehr auf die Pension zugeht. Die einzige Entschuldigung ist die, dass heute Faschingsdienstag ist. Ist gleich: morgen Fasching vorbei, aber heute lassen wir noch einmal so richtig die Sau heraus! Auch der Herr Friseurmeister Schlecker, der normalerweise kein so ein Schweinigel ist. Weil schließlich glücklich verheiratet. Und bei der Katholischen Männerbewegung ist er auch. Und überhaupt ein seriöser Geschäftsmann und ein angesehener Herr. Weil nämlich die Gucki bei lauter angesehenen Herren sitzt. Der Herr Friseurmeister sitzt da am Tisch, der Herr Kfz-Mechanikermeister, der Herr Tischlermeister, der Herr Rauchfangkehrermeister, der Herr Volksschuldirektor und der Herr Raika-Direktor. Praktisch die ganzen Besseren von St. Anton. Bis auf den Pfarrer und auf den Doktor. Die kommen aber auch noch. Weil am Faschingsdienstag geht es hoch her bei uns. *Vollgas* heißt das heutzutage. Aber eh nur bis Mitternacht. Punkt zwölf ist es dann aus und vorbei mit der Gaudi. Drum wird vorsichtshalber früh genug angefangen. Genauer gesagt am Vormittag. Spätestens um zehn sind am Faschingsdienstag alle Wirtshäuser in St. Anton bummvoll. Darf man sich also nicht wundern, wenn dann der eine oder der andere bis zum Abend auch bummvoll ist und direkt ein bisserl ordinär wird. Der Friseurmeister Schlecker – zum Beispiel. Muss schon hübsch lang im Gasthaus *Weiß* sitzen. An den Kinderfasching kann er sich nur mehr ganz verschwommen erinnern. Sein Enkerl, der Manuel, ist als *Harry Potter* gegangen. Hat er ihn jetzt gefilmt oder nicht? Wo ist denn überhaupt die Videokamera? Der Heli schafft schon wieder eine Runde an. Von unserem Geld! Soll er das überhaupt sagen? Lieber nicht! Schon ein alter Schmäh! Weil der Heli ist ja schon die längste Zeit Chef von der Raika. Am Anfang eine Gaudi, aber jetzt alter Hut! Und was macht der Mandi? Plärrt akkurat wieder „Von unserem Geld!“ Dem fallt auch nichts Neues mehr ein! Trotzdem lacht er mit. Ist eh nur einmal Fasching! Die Kellnerin ist auch nicht das Wahre. Alle Kellnerinnen nicht! Das, was man *ältere Frauen* nennt: fett, Krampfadern – schiach halt! Wird Zeit, dass der Kehraus anfangt! Da kommen dann die Jungen. Frisches Fleisch! Die ganzen alten Weiber – ein einziger Fleischskandal! Das ist der *wirkliche* Fleischskandal: die alten Weiber! Das ist gut! Na, das wird vielleicht eine Gaudi, wenn er das jetzt zum Besten gibt! Der Erwin macht auch schon den Mund auf, aber herauskommen tut nichts. Hat ihm die Sprache verschlagen – wie man so schön sagt. Dafür plärrt der Mandi umso lauter: „Da her, Gucki! Da sitzen die feschen, jungen Burschen!"

Das hat der Gucki gerade noch gefehlt. Wie wenn dieser Faschingsdienstag nicht schon narrisch genug gewesen wäre! Kaum ist sie in der Redaktion gesessen, ist auch schon die Hatzl hereingeschneit. Mit einer Flasche Sekt und einem Mordstrumm Whiskeyfahne. Wird sie irgendwo gelesen haben: ein bisserl saufen im Büro – gut für das Betriebsklima! Hat auf nette Chefin gemacht. Noch unguter wie sonst: normal zuckersüß-bösartig – heute picksüß-schleimig. Wie wenn du ein Malzzuckerl und einen Schleimbatzen gleichzeitig im Mund hättest. Widerlich! Aber die Gucki kann nicht aus. Muss anstoßen mit der Frau Redaktionsleiterin – ob sie jetzt will oder nicht. Der Sekt natürlich *halbtrocken*. Ist gleich: ein süßes Glumpert! Das schaut ihr ähnlich! Wie sie jetzt mit dem Turrini herumtut, aber ganz und gar nicht: normalerweise rümpft sie die Nase, wenn sie den Turrini auch nur von Weitem sieht – und jetzt ist er auf einmal ihr „braves Hundi" und wird gestreichelt, wie wenn die Hatzl mit Dauerstreicheln ins *Guiness-Buch der Rekorde* kommen möchte. Das ist aber noch lang nicht alles! Beim zweiten Glas Sekt heißt es auch schon: „Ich bin die Helga!" Was soll denn das jetzt? Scheiße – das Du-Wort! Kann sie nicht ablehnen. „Gudrun!" „Aber geh! Ich weiß doch, dass alle Gucki zu dir sagen! Passt auch zu dir: dieser erfrischende Blick der Jugend! Also: Prost, Gucki!" „Prost, Helga!" Die Gucki kriegt auf der Stelle einen Schweißausbruch. Der Fritz! Dem hat sie das erzählt. Damals, beim Abendessen. Und seither sagt er tatsächlich Gucki zu ihr. Ist ihr nicht einmal aufgefallen. Der Hatzl anscheinend umso mehr. Fängt auch schon an mit dem Thema Fritz. Ich mein: sagen tut sie natürlich schon *Doktor Schwaiger*. Zumindest am Anfang. Dass sie sich Sorgen macht um diesen talentierten Mitarbeiter. Nicht nur als Chefin. Auch als Mensch. Wenn nicht sogar als Frau. Und damit ist sie auch schon beim *Fritz* gelandet. Hat ihm praktisch das Du-Wort in Abwesenheit aufgedrängt. Und die Gucki kann sich das Ganze stundenlang anhören: eine einzige Litanei der unglücklichen Liebe! Die Gucki kriegt aber trotzdem kein Mitleid, sondern nur Sodbrennen.

Glücklicherweise ist der Frau Redaktionsleiterin dann doch endlich schlecht geworden. Wie sie gerade die dritte Flasche *Hochriegel halbtrocken* aufgemacht hat. Sozusagen gleichzeitig: Aus der Sektflasche ist es überschäumend herausgeschossen – und aus der Frau Redaktionsleiterin auch. Hat man nicht einmal unterscheiden können: Was ist jetzt was? Ist nämlich beides auf der Gucki ihrem Schreibtisch gelandet. Trotzdem – ob du es glaubst oder nicht – der Gucki ist die richtige Speibe von der Hatzl noch tausendmal lieber gewesen als die Seelen-Speiberei. Zuerst muss die Hatzl weg – dann erst die Sauerei auf ihrem Schreibtisch! Das mit der Hatzl war auch mehr Arbeit. Hat ums Verrecken nicht heimgehen wollen. „Ich bin seit 20 Jahren mit den *Mühlviertler Nachrichten* verheiratet – und war noch nie im Krankenstand!", hat sie gelallt. Und hat auf der Stelle einen Leitartikel über den verwerflichen Missbrauch des Krankenstandes samt trauriger Auswirkungen auf die heimische Wirtschaft schreiben wollen. Erst wie ihr die Gucki eingeredet hat, sie soll doch ganz spontan den Fritz besuchen, weil doch nur einmal im Jahr Faschingsdienstag ist, hat sie sich überreden lassen, in ein Taxi zu steigen. Ob sie dem Taxler dann erzählt hat: „Ich bin seit 20 Jahren mit den *Mühlviertler Nachrichten* verheiratet – und das glücklich!" oder „Ich bin seit 10 Jahren in den Fritz verliebt – und das unglücklich!", hat die Gucki dann schon gar nicht mehr interessiert.

Weil sie nämlich ganz andere Sorgen gehabt hat. Aber nicht ihren versauten Schreibtisch – den hat die Renate sowieso schon geputzt gehabt, wie sie zurückgekommen ist – die Gucki ist draufgekommen, dass sie keine Zeitung hat. Kein Umbruch, kein Aufmacher, kein Leitartikel! Und in einer Stunde Redaktionsschluss! Hat sie natürlich die Panik gekriegt. Allein schon der Umbruch dauert mindestens eine

Stunde: dass du sämtliche Zeitungsartikel und Fotos und Werbetexte auf die einzelnen Seiten aufteilst. Hat normalerweise die Frau Redaktionsleiterin höchstpersönlich gemacht. Genauso wie den Leitartikel. Was tun? Wenn sie da die Renate nicht gehabt hätte! Die hat nur gesagt: „Eh klar!", wie die Gucki gefragt hat, ob sie vielleicht den Umbruch machen könnte. Und hat sich auch schon hingesetzt. Fehlt noch ein Aufmacher! Was macht die Hatzl normalerweise, wenn sie keinen Aufmacher hat? Eine Geschichte über die jeweilige Jahreszeit! Und was haben wir für eine Jahreszeit? Richtig, die Fastenzeit! Und was macht die Hatzl, wenn eine Geschichte gar nichts hergibt? Richtig, eine Meinungsumfrage! Und fünf Minuten später ist die Gucki auch schon mit ihrem Diktafon auf dem Freistädter Hauptplatz gestanden und hat die mehr oder weniger lustig verkleideten Passanten gefragt: „Haben Sie einen guten Vorsatz für die Fastenzeit?" Normal ist so eine Meinungsumfrage eine Gaudi. Aber heute ist der Gucki wirklich nicht zum Lachen zumute. Weil Zeitdruck. Also – die Gucki im Zeitdruck, die Faschingsnarren aber überhaupt keinen Zeitdruck! Sagen wir einmal: gleich ihr erstes Interview, ein korpulenter Herr, offensichtlich als Wikinger verkleidet. Gucki: „Grüß Gott! Ich komm von den *Mühlviertler Nachrichten* und mach eine Umfrage. Haben Sie einen guten Vorsatz für die Fastenzeit?" Korpulenter Herr: „Servus, Puppi! Kennst' mi' net? Ich bin Hägar der Schreckliche!" Gucki: „Also gut, lieber Hägar, hast du einen Vorsatz –?" Hägar: „Sowieso! Heut sauf i' mi' an!" Gucki: „Ich mein: für die Fastenzeit!

Also ab morgen!“ Hägar: „Morgen ist morgen – und heut ist heut! Einen Punsch für mein Puppi!“ Und so weiter. Bis die Gucki die Flucht ergriffen hat. Gell – und da sollst du in einer Stunde sechs Interviews und einen Leitartikel zusammenbringen! Der reinste Wahnsinn!

Trotzdem hat es die Gucki dann irgendwie doch noch geschafft. Punkt zwölf ist sie zwar fix und fertig, die Zeitung aber auch. Und weil sie so super zusammengearbeitet haben, genehmigen sich die Gucki und die Renate einen Sekt. Aber schon einen trockenen. Wie sie aber dann so sitzen und Sekt trinken – praktisch nach der siegreichen Schlacht, steht die Renate auf einmal auf und holt ein Plastiksackerl aus ihrer Handtasche. Und aus dem Plastiksackerl ein knallbuntes Etwas, das sich als Rennanzug herausstellt. Also – kein richtiger Rennanzug natürlich, sondern ein Faschingskostüm, das ausschaut wie der Rennanzug, den die österreichischen Skifahrerinnen bei der Weltmeisterschaft anhaben. Hat die Renate selber gemacht. Ist ja eine geschickte Schneiderin. Näht ja auch alle Puppenkleider selber. Aber kein Vergleich mit dem Rennanzug! Eine Mordsarbeit! Lauter verschiedene Farben. Zusammengestückelt wie ein Puzzle. Und dann auch noch aus einem hauchdünnen, elastischen Stoff! Drum hat sich auch die Renate nicht getraut, dass sie ihn anzieht. Weil *enganliegend* gar kein Ausdruck! So eng, dass du praktisch jedes Muttermal durchsiehst – geschweige denn jede Fettfalte! Und die Renate doch schon eine ältere Frau. Hat sie sich halt gedacht, die Gucki – die hat eh eine super

Figur – und weil doch heute Faschingsdienstag ist – und sie muss das Geschenk annehmen, weil es von Herzen kommt. Und wirklich – die Renate hat nicht übertrieben: Wie die Gucki den Rennanzug gleich im Büro anprobiert, sieht man die Unterhose so auffällig durch, dass die Gucki sagt: „Wenn schon – denn schon!“ Und beim Kehraus im Gasthaus *Weiß* auf eine Unterhose verzichtet.

Auf einen BH verzichtet sie sowieso. Grundsätzlich. Hat sie wirklich nicht not. Busen – wie gesagt – eins a. Jetzt aber Winter! Sprich: saukalt. Und ihr Faschings-Rennanzug null Isolierung. Im Gegensatz zu einem richtigen Rennanzug. Was aber passiert, wenn dir saukalt ist? Erstens Zähneklappern, zweitens Ganslhaut. Zähneklappern kein Problem – Ganshaut schon. Ich mein: So dünn ist der Gucki ihr Rennanzug auch wieder nicht, dass man die Ganslhaut durchsehen tät. An manchen Stellen aber schon. Genauer gesagt: bei den Brustwarzen. Stehen weg wie Fieberzapferl. Da bleibt nicht nur dem Schlecker Erwin der Mund offen stehen. Auch der Prandegger Mandi und die anderen besseren Herren von St. Anton sind auf einmal ganz schmähstad, kaum dass sich die Gucki zu ihnen gesetzt hat. „Leck Arsch eini!“, denkt sich – zum Beispiel – der Wimmer Heli, der normalerweise als Raika-Direktor nicht so daherdenkt. Sagen tut er es natürlich nicht. Überhaupt keiner am Tisch sagt was. Alle starren nur wie hypnotisiert auf den Busen von der Gucki. Praktisch Schweigeminute. Bis dann dem Herrn Friseurmeister sein saublödes Sprücherl herausrutscht. Eh schon wissen! Das möchte ich jetzt gar nicht mehr wiederholen! Aber schau dir an: So blöd das Sprücherl auch ist – auf einmal ist der Bann gebrochen. Auf einmal wird es eine lustige Unterhaltung. Der Mandi stellt die Gucki den anderen Herren vor – und fünf Minuten später hat sie auch schon mit allen Bruderschaft getrunken. Sogar mit dem Erwin! Der ist übrigens der Einzige, der beim Küssen rot wird. Nur für den Fall, dass das wer nicht kennt: zum Bruderschaft-Trinken gehört auch das Bruderschaft-Küssen dazu. Eh kein richtiger Kuss – nur ein Busserl! Meistens ist den Herren das Trinken sowieso lieber als wie das Küssen. In dem Fall aber umgekehrt: direkt abschlecken tun alle die Gucki!

„Und die lässt sich das gefallen?", wird man sich fragen. „Ist der leicht auch alles wurscht, nur weil Faschingsdienstag ist?" Da kennt man die Gucki aber schlecht! Der Rennanzug – das ist praktisch ihr Arbeitsgewand. Sie will gar nicht allen älteren Herren den Kopf verdrehen – sie will nur einem einzigen älteren Herren den Kopf verdrehen: dem Wimmer Heli. Weil der Heli als Raika-Direktor natürlich weiß, was sich auf dem Konto vom Harry abgespielt hat. Und nach einem langsamen Walzer und einem Besuch in der Schnapsbar weiß es die Gucki auch. Nämlich nichts. Na, das ist eine Enttäuschung! Da macht der Harry die ärgsten Waffengeschäfte – praktisch ein Haufen Geld – und nichts taucht auf dem Konto auf! Wie wenn es die ganzen Geschäfte nie gegeben hätt! Nicht einmal den neuen Traktor und die neue Landmaschinenhalle hat er mit diesem Geld gezahlt. Hat einen Wald verkauft – und eine Hypothek ist auch auf dem Hof. Hat der Heli alles ausgeplaudert. Nicht einmal ein bisserl gezögert hat er! Da überlegt man es sich schon, ob man noch auf die Raika gehen soll: von wegen Bankgeheimnis! Die Gucki natürlich nicht. Die überlegt jetzt was ganz was anderes: dass sie nur dahinterkommen muss, wer das Geld vom Harry hat. Weil: Wer das Geld hat, muss auch der Mörder sein!

XII

„Das letzte Hemd hat keine Taschen!“, sagt man normalerweise, wenn einer stirbt, der sein Lebtag lang sparsam gewesen ist. Oder sagen wir statt *sparsam* lieber *neidig!* Praktisch eine richtige Giersau. Jetzt natürlich Schadenfreude. Dass sich der Verstorbene sein ganzes Geld in die Haare schmieren kann. Weil er es ja nicht mitnehmen kann ins Grab.

Warum sagt der Alt-Meierhansl dann jetzt: „Das letzte Hemd hat keine Taschen?“ Weil Sparsamkeit war das Letzte, was man dem Joe nachsagen hat können. Im Gegenteil – der hat sein Geld immer mit beiden Händen beim Fenster hinausgeschmissen! Trotzdem muss ich zugeben, dass der Spruch in dem Fall schon seine Berechtigung hat. Weil in der Meierhansl-Hütte hat es ausgeschaut, wie wenn da nicht Jungbauern tarockieren täten, sondern Mafiabosse pokern: der ganze Tisch voller Geld! Ganze Packeln Geld! Und dann auch noch in allen möglichen Währungen: Schilling, Mark, Dollar, Schweizer Franken!

Aber schön der Reihe nach! Sonst kennt sich womöglich kein Schwein aus – und ich bin wieder schuld! Also: Angefangen hat es damit, dass sich die Gucki einmal ein ruhiges Wochenende machen wollte. War ja vom Fasching ziemlich geschlaucht. Und das letzte Wochenende war auch nicht ohne. Sprich: Trillinger Skitage. Aber leider nicht die richtigen Skitage, nämlich die Männer-Skitage, sondern nur die Damen-Skitage: statt ordinäre Witze und tarockieren nur Kochrezepte und Tratsch! Praktisch zwei Tage lang eine einzige Tupperware-Party. Mit ein bisserl Skifahren halt. Hat die Gucki hübsch was trinken müssen, dass sie die ganzen Frauengespräche aushält. War schon ziemlich fertig, wie sie am Sonntag am Abend in die Meierhansl-Hütte gekommen ist. Den Turrini abholen. Auf den hat ja am Wochenende der Fuzzi aufgepasst. Beziehungsweise umgekehrt. Und wie der Turrini aufgepasst hat! Fast wär da sogar ein Blödsinn herausgekommen.

Also: Gehen der Turrini und der Fuzzi am Samstag ein bisserl ins Wirtshaus. Zum *Otter*. Dass der arme Hund auch einmal was vom Leben hat. Und trinken ein paar Bier. Besser gesagt: Der Fuzzi trinkt Bier – der Turrini nur Wasser. Trotzdem schläft er zuerst ein. Vor dem Fuzzi. Wacht aber leider auch vor dem Fuzzi auf. Wie es zum Heimgehen ist. Sperrstunde. Wie der Wirt den Fuzzi aufwecken will. Kennt ja den Fuzzi schon lang genug und weiß, dass er ihn ordentlich beuteln muss. Sonst kriegst du den Fuzzi nicht auf, wenn der einmal schläft. Kaum hat aber der Otter den Fuzzi auch nur angerührt, fängt der Turrini zum Knurren an. Und schnappt auch schon hin auf den Otter. Und bellt und fletscht die Zähne und lässt keinen mehr in die Nähe vom Fuzzi. Bleibt dem Wirt nichts anderes über, als dass er den Fuzzi samt Hund in der Gaststube übernachten lässt.

Ist die Gucki natürlich recht stolz gewesen. Auf ihr Turrini-Burli. Wie sie die Geschichte gehört hat. Und hat vor lauter Stolz ganz vergessen, dass sie eigentlich saumüd ist und nur auf einen Sprung in die Meierhansl-Hütte schauen hat wollen. Und hat auch schon ein Flaschl Bier in der Hand gehabt. Das hat sie jetzt aber eh gebraucht. Weil ihr die Nachbarbuben die neueste Neuigkeit unter die Nase gerieben haben: dass sie was hat mit dem Fuzzi. Eine *Beziehung* – wie man das heutzutage so nennt.

Ist fest geredet worden am Frühschoppen. Beim *Otter*. Dort haben ja die Nachbarbuben auch die Geschichte mit dem Fuzzi-Bewachen erfahren. Der Fuzzi selber hat ja nichts mitgekriegt. Hat sich nicht recht ausgekannt, wie er um fünf in der Früh in der Gaststube aufgewacht ist. Ist dann mit dem Turrini heimgetrottet und hat sich niedergelegt. Und sogar den Frühschoppen verschlafen. Drum ist er ja jetzt auch so munter. Normal schläft er in der Meierhansl-Hütte am Sonntag um diese Zeit schon längst.

So aber hat sich die Gucki einiges anhören können: „Da schau di' an! Heiraten will sie, die Gucki? Und noch dazu so einen schönen Mann wie mich? Da müssen wir schon zuerst einmal über die Mitgift reden!" Und so weiter. Dabei war es natürlich nicht die Gucki, die das mit dem Heiraten herumerzählt hat, sondern die Nachbarbuben. Wobei aber *herumerzählen* nicht der richtige Ausdruck ist. Weil ja die Leute ganz von selber auf die Idee gekommen sind, dass die

Gucki und der Fuzzi was miteinander haben: Nur weil der Fuzzi auf den Hund von der Gucki aufgepasst hat! Da haben die Nachbarbuben noch gar nichts gesagt. Nur: widersprochen haben sie halt auch nicht. Und wie die Olga dann ganz direkt gefragt hat, ob es zum Heiraten auch wird, ist dem Joe herausgerutscht: „Im Sommer – was man so hört." Weil aber die Olga gar so neugierig war, ist den Nachbarbuben dann auch noch eine *Hochzeit in der Wachau* und eine *Hochzeitsreise nach Schweden* eingefallen. Dass die Gucki im vierten Monat schwanger ist, ist dann wirklich nicht mehr auf ihrem Mist gewachsen. Das muss sich die Olga selber zusammengereimt haben. Warum sonst sollte eine schöne Frau wie die Gucki einen kleinen Schreihals heiraten, der jedes Mal im Wirtshaus einschläft?

Zuerst ist die Gucki schon ein bisserl von ihrem Glück überrascht gewesen. Aber dann hat ihr die Geschichte schön langsam auch gefallen. Durchaus ausbaufähig. Sagen wir einmal: standesamtliche Trauung in der Brauerei Freistadt! Oder: Hochzeitsreise nach Kuba. Weil dort haben sie lauter uralte Autos: dass der Fuzzi auf der Hochzeitsreise was zum Pfuschen hat! Eh klar, dass die Gucki dann komplett aufs Heimgehen vergessen hat.

Leider hat sie am Montag dann prompt verschlafen. Und ist genauso prompt von der Hatzl zusammengestaucht worden. Die war ja seit dem Faschingsdienstag sowieso noch sekkanter als je zuvor. Wie wenn sie das Du-Wort durch besondere Bosheit wieder wettmachen wollte. Hat die Gucki nach allen Regeln der Kunst schikaniert. Hat ihr die allerblödesten Themen zugeschanzt und sie dann auch noch jeden zweiten Artikel umschreiben lassen. Kein Wunder also, dass sich die Gucki ein ruhiges Wochenende machen will.

Also: ruhiges Wochenende. Lang schlafen, Gassi gehen, kochen – das ist auch schon alles, was die Gucki am Samstag macht. Am Sonntag packt sie aber dann doch das schlechte Gewissen – und sie setzt sich an den Schreibtisch. Seit sie am Mordfall Baum dran ist, hat sie ihre Diplomarbeit komplett vernachlässigt. Eigentlich sogar komplett vergessen. *Sentimentale Motive im dramatischen Werk von Peter Turrini.* An und für sich ein interessantes Thema – nur kommt ihr das Ganze auf einmal so unheimlich weit weg vor. Unwirklich. Und während sie ihr halbfertiges Manuskript überfliegt, denkt sie in Wirklichkeit an ganz was anderes: an den Kranführer, der in seiner Freizeit Hinterglasbilder malt (hat sie am Freitag interviewed), an das Lammeintopf-Rezept mit Kohl (hat sie gestern in der Zeitung gelesen) oder an den Mörder vom Harry (hat sie leider noch immer nicht gefunden). An lauter so Sachen halt, die absolut nichts mit ihrer Diplomarbeit zu tun haben. Bis sie selber einsieht, dass es sinnlos ist. Dass es gescheiter ist, wenn sie mit dem Turrini Gassi geht. Weil sie sowieso nichts weiterbringt. Weil es außerdem völlig wurscht ist, ob sie ihre Diplomarbeit fertigstellt oder nicht. Weil sie mit einem Studienabschluss auch keine andere Arbeit kriegt. Weil überhaupt nichts anders wird, außer, dass die Hatzl dann nicht mehr sagt: „Liebe Frau Wurm, den Dreispalter über die Theateraufführung in Hagenberg hätten Sie sich sparen können!" Sagt sie halt statt „Frau *Wurm*" „ Frau *Magister* Wurm", aber sonst sagt sie genau dasselbe.

Weil die Gucki aber heute wirklich nicht an die blöde Hatzl denken will, schmeißt sie sich auch schon in ihre Stiefel. Ist gar nicht so leicht, das Anziehen. Aber nicht vielleicht, weil die Stiefel so eng wären – weil der Turrini jetzt seinen üblichen Freudentanz aufführt. Immer wenn er merkt, dass es hinaus geht, springt er wie wild im Kreis um sie herum und stößt dabei ein markerschütterndes Geheul aus, als wäre sein Frauli ein Bleichgesicht am Marterpfahl – und er ein Indianer. Muss die Gucki direkt lachen, wie ihr dieser Vergleich einfällt. Gleich wird sich ihr Indianer wieder in einen kleinen Hund zurückverwandeln, der Hals über Kopf im Schnee steckt, weil er die Schneebälle ausbuddeln muss, die sein Frauli boshafterweise immer in den Tiefschnee wirft. Wie sie diese Winterspaziergänge doch liebt! In der Stadt ist der Winter nichts als schmutzigbrauner Schneematsch – im Mühlviertel ist er ein weißes Wunder, das die ganze Landschaft verzaubert.

Und schon tollen die beiden durch den Schnee, dass es nur so eine Freude ist. Könnte man gar nicht sagen, wer übermütiger ist: die Gucki oder ihr Hund? Ist ja wirklich ein Wintertag wie im Bilderbuch: Die Schneekristalle glitzern um die Wette, die Schatten leuchten im zartesten Vergissmeinnicht-Blau, und die Wälder verschwimmen in einem zackigen Muster aus Grün und Weiß. Kein bisserl denkt die Gucki an ihre Diplomarbeit. Und schon gar nicht an die blöde Hatzl. Nicht einmal an den Harry. Weil sie nämlich an gar nichts denkt. Einfach nur so dahinstapft. Fällt ihr nicht einmal auf, dass sie auf einmal den Weg zur Meierhansl-Hütte eingeschlagen hat. Vielleicht gibt es das doch – das, was man das *Unterbewusstsein* nennt? Weil heute Sonntag ist. Und Sonntag normalerweise Tarockieren. In der Meierhansl-Hütte. Nur heute nicht. Weil heute die Nachbarbuben nicht da sind. Trillinger Skitage. Nur der Websi hat nicht mitfahren können. Hat nach Wien müssen. Auf Montage. „Scheiß Überstunden! Und nur weil der Chef ein Blindschuss ist und Termine verspricht, die unmöglich zum Einhalten sind!", hat er geflucht, der Websi. Und dann noch der Joe. Der ist auch nicht dabei. Gipshaxen. Ist am Faschingsdienstag im Gasthaus *Weiß* die Stiege hinuntergefallen. Autofahren tut er trotzdem, aber Skifahren geht beim besten Willen nicht.

Und dann sieht die Gucki auch schon das Auto vom Joe. Direkt vor der Meierhansl-Hütte. Was tut denn der da? Vielleicht ein Skirennen anschauen? Im Fernsehen. Nur: Es steigt kein Rauch auf! Und wenn du da nicht ordentlich einheizt, ist es im Winter in der Hütte ziemlich ungemütlich. Vielleicht ist der Joe eingeschlafen? Gehen hat er anscheinend nicht mehr recht können. Schaut aus, wie wenn er auf allen Vieren vom Auto in die Hütte gekrochen wäre. Da sind aber auch noch andere Spuren im Schnee. Auf jeden Fall kleiner wie die Fußspuren vom Joe. Der hat ja mindestens Schuhgröße 45. Und zwei Fußabdrücke sind es auch. Ist gleich: kein Gipsfuß. Die Spuren führen vom Auto zur Hütte und dann wieder weg. Hat also einer den Joe zur Hütte geschleppt und ist dann wieder gegangen. Na, da muss der Joe aber einen ordentlichen Rausch haben, dass er bei der Kälte schlafen kann! Muss die Gucki im Notfall einheizen. Wenn sie den Joe nicht aufwecken kann.

Sie heizt aber dann doch nicht ein. Weil einer, der mit einer Wäscheleine um den Hals von der Decke baumelt – so einer friert bestimmt nicht mehr. Nicht einmal, wenn er so eiskalt ist wie der Joe. Da sucht die Gucki umsonst nach dem Puls. Nichts mehr zu machen! Das Einzige, was sie für den Joe noch tun kann, ist, dass sie ihn nicht so hängen lässt. Also: hinauf auf den Sessel, heraus mit dem Taschenmesser – da macht der Joe auf einmal den Mund auf. Natürlich nicht in Wirklichkeit – der Gucki kommt es im ersten Moment nur so vor. Wie dem Joe sein Handy läutet. Da reißt es die Gucki schon ordentlich. Dass sie fast vom Sessel gefallen wäre. Wenn sie sich nicht im letzten Moment noch gehalten hätte. Leider nur der Joe da zum Anhalten. Auch kein gutes Gefühl – wenn du mich fragst! Trotzdem gelingt es der Gucki irgendwie, die Wäscheleine durchzuschneiden, ohne dass ihr der Joe hinunterkracht und umfällt wie ein Mehlsack. Ich mein: hinunterkrachen tut er natürlich schon. Aber die

Gucki lässt ihn dann nicht umfallen, sondern zerrt ihn auf die Sitzbank. Da ist sie aber schon ziemlich fertig mit den Nerven. Weil nämlich die ganze Zeit das Handy läutet wie wahnsinnig. Erst wie der Joe liegt, hört es auf. Der Maxi wär es gewesen. Die Gucki kennt ja die Nummer.

Wie aber die Gucki das Handy so in der Hand hat, kommt ihr auf einmal eine Idee – besser gesagt eine Frage: Wer war der Letzte, der den Joe angerufen und mit ihm telefoniert hat? Und wirklich: Nummer gespeichert! Schon wieder eine Nummer, die die Gucki kennt. Ob das auch schon die Telefonnummer vom Mörder ist? Genauer gesagt, vom Doppelmörder. Der Gucki ihr nächster Aufmacher lautet nämlich: *Selbstmord nur vorgetäuscht! Mörder schlägt wieder zu!*

XIII

„Besser wie in die Hosen geschissen!“, sagt man bei uns gern. Weil es wirklich oft der einzige Trost ist, wenn du dir in einer blöden Situation sagst: halb so wild – hätte ja noch blöder kommen können! Bist du praktisch schon wieder mit dem Leben versöhnt. Und außerdem wissen die Leute dann gleich, dass du nicht so einer bist, der sich wegen einer jeden Kleinigkeit gleich anscheißt.

Was bleibt also der Gucki jetzt über, als dass sie sagt: „Besser wie in die Hosen geschissen!“ Wie der Talon aufgeschlagen wird. Drei *Karo* und drei *Kreuz*. Ist gleich: kein einziger Tarock. Dabei hätte sie dringend ein paar Tarock gebraucht. Weil sie einen *Dreier* spielt. Weil Dienstag ist. Und Dienstag wird tarockiert. Normalerweise in der Meierhansl-Hütte. Heute aber nicht. Heute wird bei der Gucki tarockiert. Meierhansl-Hütte nämlich gesperrt. Von der Kripo. Nicht nur die Hütte – das ganze Areal um die Hütte ist mit so einem rot-weißen Plastikband abgesperrt.

Wie wenn man da noch Spuren finden könnte! Hat ja die Kripo schon am Sonntag keine Spuren mehr finden können. Besser gesagt: viel zu viele! Zuerst einmal die Spuren von der Gucki und vom Turrini, dann die Spuren vom Dr. Munz, dann die Spuren vom Alt-Meierhansl und dann auch noch die Spuren von drei aufgeregten Gendarmen. Und wie dann endlich die Kriminalpolizei aus Linz gekommen ist, war der Schnee um die Meierhansl-Hütte schon so zertrampelt, dass nicht einmal ein Super-Indianer wie der Winnetou da noch eine verwertbare Spur gefunden hätte. Geschweige denn der Major Rammer in seinen Halbschuhen.

Die Gucki hat nämlich am Sonntag nicht gleich die Gendarmerie angerufen, sondern zuerst einmal eine Zigarette geraucht. Schon auch aus Nervosität, hauptsächlich aber zum Nachdenken. Hat gar nicht lang nachdenken brauchen. Hat auch schon gewusst, was tun. Zuerst einmal den Turrini in die Hütte sperren. Sonst alle Spuren beim Teufel! Dann die Spuren im Schnee fotografieren. Eindeutig – so muss es gewesen sein: Einer – der Mörder – fährt mit dem Auto vom Joe zur Hütte, schleppt den Joe hinein und verschwindet dann zu Fuß. Auf dem Weg sind die Spuren dann leider verweht. Aber einzelne Spuren im Tiefschnee sind gut erhalten. Die Gucki schätzt auf Schuhgröße 42 oder höchstens 43. Und macht auch schon fleißig Fotos. Vom Schuhabdruck. Jetzt braucht sie nur noch den Beweis, dass der Joe schon tot oder zumindest bewusstlos war, wie ihn der Mörder aufgehängt hat. Und ruft auch schon den Dr. Munz an. Der kommt zwar sofort – nur kann er ihr auch nicht helfen. Weil er als Gemeindearzt beim besten Willen keine Obduktion machen kann, wie sich die Gucki das vorgestellt hat. So schnell gibt die Gucki aber nicht auf. „Wenigstens ein bisserl Blut!", bettelt sie den Dr. Munz an. „Nur ein kleines bisserl Blut!" So flehentlich, wie wenn sie ein kleines Mäderl wär, das vom Opa ein Zuckerl will. Da hat dann der Opa nie *Nein* sagen können. Kann auch der Dr. Munz nicht. Weil ihm die Gucki – abgesehen von ihrer Bronchitis – immer besser gefällt. Und wenn nicht ausgerechnet jetzt der Alt-Meierhansl gekommen wäre, der natürlich neugierig war, warum das Auto vom Doktor da steht, hätte er es wirklich gemacht. So aber bleibt ihm nichts anderes übrig, als die Gendarmerie anzurufen, was er sowieso schon längst tun hätte sollen. Besser gesagt: tun hätte *müssen*. Was er tun hätte *wollen*, hat er sich jetzt auch nicht mehr getraut: die Gucki ins Kino oder ins Theater einladen.

Dafür hat dann die Gucki am Dienstag die Nachbarbuben zum Tarockieren eingeladen. Obwohl – das mit dem Tarockieren war eigentlich nur ein Vorwand. Gegangen ist es der Gucki um ganz was anderes. Die Nachbarbuben waren ja komplett durcheinander. Da kommen sie am Sonntag vom Skifahren heim – und dann heißt es auf einmal: Der Joe hat sich aufgehängt! Und am nächsten Tag lesen sie dann in der *Kronen Zeitung*: *Mörder richtet sich selbst!* Und auf einmal ist der Joe der Mörder vom Harry. Wegen dem vielen Geld. Das in der Meierhansl-Hütte gelegen ist. Fast zwei Millionen Schilling. In verschiedenen Währungen. Ist ja sogar ein Foto vom Geld in der *Kronen Zeitung*. *Blutgeld* heißt es da. Am Dienstag waren dann der Joe und der Harry in der *Kronen Zeitung* schon Mitglieder der Russenmafia. *Mühlviertler Bauern als Nebenerwerbs-Mafiosi* ist da gestanden.

Da waren die Nachbarbuben dann ganz aus dem Häusel. Und froh, dass sie die Gucki zum Tarockieren eingeladen hat. Praktisch Ablenkung. Statt einem Packerl Tarockkarten kriegen sie aber zuerst einmal einen Packen Fotos. Spuren im Schnee. Und die Gucki erklärt auch schon, was es mit den Spuren auf sich hat. Bei einer Großaufnahme von einem Schuhabdruck kommt es auch gleich wie aus der Pistole geschossen: „Gummistiefel – Lagerhaus!" Da sind sich alle einig. Und außerdem sind die Nachbarbuben jetzt wirklich erleichtert. Ihr Joe ist kein Selbstmörder – und Mörder ist er schon gar keiner! Und schlecht ist der Wein von der Gucki auch nicht! Könnte man ja direkt ans Tarockieren denken?

Und da sind wir auch schon. Die Gucki spielt einen *Dreier*, im Talon aber nur drei *Karo* und drei *Kreuz*. Ist nicht einmal so blöd. Drei *Kreuz* hat sie schon – und mit sechs *Kreuz* hat sie eine schöne Treibfarbe. Aber ganz ist die Gucki nicht beim Spiel. Mit ihren Gedanken nämlich. Sie hat ja den Nachbarbuben nicht alles erzählt. Dass sie weiß, wer der Letzte war, der mit dem Joe telefoniert hat. Das hat sie ihnen nicht erzählt. Das hat sie auch in den *Mühlviertler Nachrichten* nicht geschrieben. In der Ausgabe, die am Donnerstag herauskommt. Weil nämlich der Websi der Letzte war, der mit dem Joe telefoniert hat. Ist ja gespeichert, die Nummer. Aber nicht die Handynummer vom Websi – die Nummer vom Festnetz. Kann also der Websi am Samstag nicht gut in Wien gewesen sein. Auf Montage.

War er auch nicht. Nachweislich. Weil die Gucki gestern angerufen hat. In der Firma, bei der der Websi arbeitet. „Grüß Gott!“, hat sie gesagt. „Ich bin's, die Mama vom Weber Johann aus St. Anton. Das sag' ich euch aber jetzt schon einmal, dass das so nicht weitergehen kann, dass der Bub am Wochenende immer auf Montage ist! Weil wir ja eine Landwirtschaft daheim haben!“ Hat die Sekretärin in der Personalabteilung zuerst einmal nur gesagt: „Wie bitte?“ Hat sich natürlich nicht ausgekannt. Und *Weber Johann* hat ihr auch nichts gesagt. Weil Großtischlerei. Mehr als 300 Arbeiter. Hat sich dann eine endlose Geschichte vom traurigen Schicksal einer verwitweten Bäuerin anhören müssen. Hat dann „Moment!“ gesagt und hat sich die Personalakte *Weber Johann* auf den Bildschirm geholt. Der hat seit einem Jahr nicht mehr als Monteur gearbeitet, sondern an der Kreissäge. War also seit einem Jahr nicht mehr auf Montage. Das hat sie der verrückten Alten auch unter die Nase gerieben. Die hat aber noch immer nicht lockergelassen. Hat wissen wollen, ob es nicht doch einen zweiten Weber Johann gibt, der am letzten Wochenende auf Montage war. Hat aber nur einen Weber Johann gegeben. Und damit Punkt.

Hat die Gucki ihre Hoffnung aufgeben müssen. Dass es doch nicht der Websi war, der am Sonntag den Joe angerufen hat. Sondern irgendwer anderer. Die Mutter vom Websi zum Beispiel. Aber der Websi war halt leider nicht in Wien. Sondern verdächtig. Ziemlich verdächtig sogar. Was treibt er die ganze Zeit, in der er angeblich auf Montage ist? Fast jedes Wochenende ist er unterwegs und kommt erst am Sonntag am späten Abend in die Meierhansl-Hütte. Macht er da vielleicht die Geschäfte, die früher der Harry gemacht hat? Lauter Fragen, die die Gucki früher oder später stellen muss. Dem Websi. Aber dann doch irgendwie peinlich. Man kann ja einen guten Bekannten nicht gut fragen: „Du, bist du jetzt ein Doppelmörder oder nicht? Wenn er es nicht ist, ist er vielleicht doch ein bisserl beleidigt. Und wenn er es ist, ist es auch blöd. Bleibt ihm ja gar nichts anderes über, als dass er dich auch ins Jenseits befördert. Und auf einen Mord mehr oder weniger wird es ihm auch nicht ankommen.

Drum wird ja jetzt auch fest tarockiert bei der Gucki. Dass sie nicht ganz allein ist, wenn sie dem Websi ihre Fragen stellt. Weil: Drei auf einmal umbringen – das wird sogar dem ärgsten Mörder zu viel. Und für alle Fälle hat die Gucki auch noch die Pistole vom Opa in der Brotlade. Da fällt auch schon ein Schuss. Aber nicht die Gucki schießt, sondern der Websi. Der Gucki ihren *Dreier*. Muss sie sich gefallen lassen. Weil sie ja nur sechs Tarock hat. Wird aber trotzdem knapp. Weil der Websi kein *Kreuz* hat. *Kreuz* – wie gesagt – aber der Gucki ihre Treibfarbe. Gewinnt sie sogar noch das Spiel. Obwohl ihr das eigentlich ziemlich wurscht ist. Weil sie dem Websi ja kein Geld herauslocken will, sondern ein paar Antworten. Vielleicht geht es mit einem Schnaps? Da tut man sich dann mit dem Reden gleich viel leichter.

Die Nachbarbuben auf jeden Fall. Obwohl: Das muss nicht einmal der Gucki ihr Marillenschnaps sein, dass alle auf einmal so gesprächig werden. Ich tippe eher darauf, dass sie sich jetzt schön langsam von dem Schock erholen, den ihnen die Geschichte mit dem Joe versetzt hat. Hirn praktisch eingefroren – jetzt taut es wieder auf. Mundwerk natürlich genauso. „Ich sag' euch, der Joe ist dahintergekommen, wer der Mörder vom Harry ist!", plärrt der Fuzzi. Und drischt dabei so auf den Tisch, wie wenn er gleich ein paar *Vögel* auf einmal schießen tät. Dabei ist vor lauter Durcheinander schon längst nicht mehr an ein vernünftiges Tarockieren zu denken. „Und was ist dann mit dem Geld?", fragt der Maxi. Eine berechtigte Frage. Wenn der Mörder den Harry wegen dem Geld umgebracht hat: Warum gibt er es dann wieder her? Wegen dem schlechten Gewissen bestimmt nicht! Weil wenn du ein schlechtes Gewissen hast, begehst du nicht noch schnell einen zweiten Mord. „Zur Ablenkung natürlich!" Das ist der Websi, der das sagt. Ist eigentlich auch die einzige Erklärung, die einen Sinn ergibt. Warum hat der Mörder aber dann den Harry umgebracht? Wenn er gar nicht auf das Geld scharf war?

Immer lauter und immer hitziger wird die Debatte. Und immer öfter fällt das Wort *Russenmafia*. Nur der Fuzzi besteht auf *Wachauermafia*. Und meint damit die teuflische Kombination von Grünem Veltliner und Marillenschnaps, die schön langsam die ersten Auswirkungen zeigt. Der Maxi kämpft mit ernsten Sprachschwierigkeiten, der Websi schaukelt die Schnapsflasche wie ein Baby und der Fuzzi hat sich vorsichtshalber auf den Diwan gelegt, weil es sich nur mehr um Sekunden handeln kann, bis er eingeschlafen ist. Sogar der Turrini muss irgendwie von den Alkoholschwaden benebelt sein. Weil er auf einmal zu knurren und zu bellen beginnt. Bellt und knurrt – und knurrt und bellt! Und hört nicht mehr auf! Rennt zur Tür, dann wieder zum Fenster – hin und her und her und hin! Muss sich die Gucki fragen, ob ihr Hund nicht doch einen Huscher hat.

Leider stellt sich dann aber heraus, dass ihr kleiner Turrini durchaus weiß, was er tut: seine Pflicht erfüllen. Melden, dass Besuch kommt. Das, was man einen ungebetenen Besuch nennt. Weil im nächsten Moment auch schon das Fenster zersplittert und die Tür aus dem Rahmen getreten wird. Gleichzeitig. Weil die Gucki im übernächsten Moment auch schon in den Lauf einer Maschinenpistole schaut. Weil es da auf einmal nur so wimmelt vor lauter schwarzen Maskenmännern. Wie in einem Film! Blöderweise fällt ihr jetzt auch ein, wie solche Filme normalerweise weitergehen: Kopfschuss oder Genickschuss – das ist hier die Frage? Und der Aufmacher heißt dann: *Mafia-Killerkommando beseitigt lästige Journalistin!*

Da ist der Gucki aber schon ein bisserl was durcheinandergekommen. Weil ein so ein präziser Zugriff auf ein Zielobjekt – das bringt die Russenmafia nie und nimmer zusammen. Für so was brauchst du schon eine Eliteeinheit der österreichischen Kriminalpolizei. Drum lautet der nächste Aufmacher der *Kronen Zeitung* auch ganz anders: *Cobra überwältigt Doppelmörderin!*

XIV

„Drei Polizisten scheißen in die Kisten, räumen's wieder aus – und du bist draus!", ist ein Auszählreim. Da zählen die Kinder so lange aus, bis nur mehr ein Kind übrig bleibt. Und das muss dann einschauen. Beim Versteckenspielen oder beim Eins-zwei-drei-angeschlagen-Spielen. Obwohl ich mir nicht sicher bin, ob heutzutage die Kinder den Spruch noch kennen. Weil ich mir nicht sicher bin, ob es überhaupt noch Kinder gibt, die so was spielen. Weil es ja *Verstecken* oder *Eins-zwei-drei-angeschlagen* nicht als Computerspiel gibt. Aber: Was soll ich da lang über die Kinder herziehen? Können ja nichts dafür, wenn ihnen ihre Eltern schon in die Gehschule einen Computer mit Internetzugang hineinstellen!

Und außerdem gehört das gar nicht hierher. Wir sind nämlich nicht in einer Gehschule, sondern im Untersuchungsgefängnis. Obwohl es der Gucki ein bisserl so vorkommt wie in einer Gehschule: überall Gitterstäbe – du kannst nicht hinaus – und Schreien nutzt auch nix. Das hat man ja beim Rammer gesehen. Die ganze Nacht hat der Herr Major geschrien – und was hat es genutzt? Gar nix! Wie soll die Gucki denn auch einen Doppelmord gestehen, wenn es nichts zu gestehen gibt? Da kann der Rammer noch so herumschreien! Na, das war vielleicht ein Verhör! Anscheinend haben der Rammer und der Bürstinger auch zu viele Kriminalfilme gesehen. Weil sie es genau wie im Film gemacht haben. Der Rammer hat den bösen Kieberer gespielt – ist gleich schreien und mit Watschen drohen –, der Bürstinger den netten – sprich: Kaffee und Zigaretten spendieren. Praktisch heiß-kalt. Der Gucki ist beim Verhör wirklich heiß und kalt geworden. Schuld war aber nicht die raffinierte polizeiliche Taktik, sondern nur der Alkohol. Beziehungsweise der abrupte Alkoholentzug. Sauf einmal ein paar Flaschen Veltliner und fest einen Marillenschnaps – und dann auf einmal Schluss und aus! Da beutelt es dir auch den Kreislauf her. Und Sorgen hat sich die Gucki natürlich auch gemacht. Aber nicht, dass sie die nächsten 20 Jahre im Gefängnis verschimmelt – um den Turrini hat sie sich Sorgen gemacht.

So ein tapferer, kleiner Hund! Kaum hat sich so ein Polizist mit so einer schwarzen Gesichtsmaske auf die Gucki gestürzt, hat ihn der Turrini auch schon geschnappt. An der Hand. Und nicht mehr losgelassen. Und wenn die Gucki nicht „Pfui!" geschrien hätte – der hätte die Hand doch glatt durchgebissen. Da hätte der Handschuh auch nichts genützt. Die kugelsichere Weste war in dem Fall sowieso sinnlos. Beim dritten Mal Pfui-Schreien hat der Turrini aber doch die Hand ausgelassen. Und muss dann in dem ganzen Durcheinander irgendwie verschwunden sein. Weil so ein Hund doch ziemlich lärmempfindlich ist.

War ja so ein Wirbel, dass sogar der Fuzzi aufgewacht ist. Der hat aber dann seinerseits wieder Lärm erzeugt, indem er dem erstbesten Polizisten so eine gepracht hat, dass gleich ein zweiter mitgeflogen ist. Und aufgedreht hat er auch, dass es nur so eine Freude war. „Kommt's her, wenn's euch traut's, ihr Scheiß-Russen!", hat er geplärrt. „Das sind Händ' wie Schraubstöck'!" Und dann hat er auch schon dem nächsten Kieberer eine betoniert. Wenn du mich fragst – die Polizisten, die der Gucki ihr Haus gestürmt haben, müssen in letzter Zeit ziemlich oft ihr Nahkampftraining geschwänzt haben. Der Fuzzi hat nämlich noch ein paar Herren von der Eliteeinheit Cobra verräumt, bis sie ihn dann endlich zu viert bändigen haben können. Und das auch nur, weil der Fuzzi praktisch noch im Halbschlaf war.

Tapferer, kleiner Fuzzi! Der Gucki wird ganz schlecht, wie ihr jetzt auf einmal der Fuzzi einfällt. Auf den hat sie total vergessen! Den haben sie doch auch verhaftet! Und dem ist es sicher nicht so gut gegangen wie ihr – dass er Kaffee und Zigaretten gekriegt hat. Der wird eher seine Watschen gekriegt haben. Sie muss unbedingt einen Anwalt anrufen, bevor sie den Fuzzi zum Krüppel schlagen! Sie hat ja bis jetzt auf einen Anwalt verzichtet. Freiwillig. Besser gesagt: aus Berechnung. Je länger sie in Untersuchungshaft ist, desto länger wird die Geschichte, die sie in den *Mühlviertler Nachrichten* schreiben kann: über die Blödheit der Polizei. Das wird vielleicht ein Aufmacher, der sich gewaschen hat: *Kriminalpolizei unfähig! Überfall auf Unschuldige!*

Schließlich ruft die Gucki dann aber doch keinen Anwalt an, sondern den Schwaiger Fritz. Und zwei Stunden später ist sie auch schon auf freiem Fuß – wie das so schön heißt. Ihr Kollege hat nämlich ihren Artikel von der nächsten Ausgabe der *Mühlviertler Nachrichten* mitgebracht, in dem genau das drinnensteht, was sie dem Rammer und dem Bürstinger beim Verhör nicht gesagt hat. Und dazu noch massenweise Fotos von den Spuren im Schnee. Dass der Joe eher nicht der Mörder vom Harry ist, hat der Rammer sowieso schon gewusst. Hat ja den Obduktionsbericht vom Joe gehabt. Sprich: leichte Alkohol- und schwere Schlafmittelvergiftung. Den hat er der Gucki ja stundenlang unter die Nase gerieben. Inklusive alte Polizistenweisheit: Schlaftabletten hinterlistig – Frauen auch hinterlistig – also Schlaftabletten Beweis, dass Mörder eine Frau – Gucki aber eindeutig eine Frau – also auch Mörderin!

Weil aber der Fritz vorsichtshalber einen Anwalt mitgeschleppt hat, ist der Herr Major ziemlich kleinlaut geworden. Der Anwalt hat nämlich ordentlich Gas gegeben und dem Rammer gleich eine elendslange Liste von Klagen in Aussicht gestellt: Hausfriedensbruch, Sachbeschädigung, Körperverletzung, Freiheitsberaubung und-und-und. Hat der Rammer nicht nur die Gucki, sondern auch den Maxi und den Websi und sogar den Fuzzi auf der Stelle freigelassen. Obwohl der Fuzzi fünf Herren von der *Cobra* zu einem Krankenstand verholfen hat. Nur: Gut hat der Fuzzi auch nicht ausgeschaut. Dabei war das blaue Auge noch das Harmloseste. Im Spital – drauf hat der Anwalt bestanden, dass alle zum Durchuntersuchen ins Spital fahren – im Spital hat sich herausgestellt, dass beim Fuzzi zwei Rippen und ein Finger gebrochen sind. Von der Gehirnerschütterung ganz zu schweigen. Wird gar nicht so ohne gewesen sein, die Gehirnerschütterung. Das Erste, was der Fuzzi gesagt hat, wie er die Gucki gesehen hat, war nämlich: „Drei Polizisten scheißen in die Kisten, räumen's wieder aus – und du bist draus!" Also schon ein bisserl durcheinander. Wollten die Ärzte den Fuzzi natürlich gleich dabehalten. Da kennst du den Fuzzi aber schlecht, wenn du glaubst, wegen solcherne Kleinigkeiten bleibt der Fuzzi im Spital! Hat ja sogar dem Fritz angeboten, dass er ihm den Auspuff vom Landrover schweißt. Mitsamt seiner Gipshand.

Das war aber schon am Heimweg. Genauer gesagt im Gasthaus *Prostl*. Da haben sie nämlich beim Heimfahren eine Station eingelegt. Weil es von Linz nach St. Anton doch ein breiter Weg ist. Und wenn man da einmal die halbe Strecke geschafft hat, kehrt man gern ein bisserl ein. Dort kehren alle Antoner gern ein, die in Linz arbeiten. Manche sogar jeden Tag. Weil es so gemütlich ist. Wie daheim. Nur, dass du beim *Prostl* deine Ruhe hast. Dass die Frau einfach die Kinder herschickt, dass sie „Papa, heimkommen sollst'!" sagen, geht da nicht. Sind ja noch mindestens 20 Kilometer nach St. Anton. Das aber nur so nebenbei. Das Gasthaus *Prostl* interessiert uns ja auch nur insofern, weil die Gucki, der Fuzzi, der Maxi, der Websi und der Fritz jetzt dort sitzen. Und ein paar alte Bauern halt. Aber die gehen uns nichts an. Können ja nicht mitreden, wenn es um das Verhaftetwerden durch die *Cobra* geht.

Und über das wird fest geredet. Am lautesten natürlich der Fuzzi. Ist ja unbestritten der Held des Tages – besser gesagt: *der Nacht.* Der Gucki ist ja bis auf ein paar blaue Flecken nichts passiert. Und den anderen auch nicht viel. Der Websi hat nur eine Schnittwunde an der Hand davongetragen – vermutlich von der zerbrochenen Schnapsflasche. Und der Maxi eine Platzwunde über dem linken Auge. Das ist aber erst beim Einsteigen in den VW-Bus passiert. Waren die zwei natürlich todunglücklich, dass sie keine Wunden vorweisen können, die direkt bei einer Kampfhandlung entstanden sind. Für sie war ja der Kampf schon vorbei, bevor er noch begonnen hat. Weil alles so schnell gegangen ist. „Krach-Zack-Bumm – und dann haben die Handschellen auch schon *Klick* gemacht!", erklärt der Maxi. Merkt man schon, dass der nichts liest außer so Mickey-Mouse-Heftl. Oder kriegt man vom vielen Zeichentrickfilm-Anschauen im Fernsehen so eine komische Sprache? „Ist doch für was gut, dass der Fuzzi wieder einmal geschlafen hat!", bemerkt der Websi. Praktisch kleine Bosheit. „Drum haben ihn die Kieberer im ersten Moment übersehen!" „Aber net lang!", entgegnet der Fuzzi. Und ist auch schon aufgesprungen und gibt eine exakte Zeitlupenstudie sämtlicher Kampfhandlungen zum Besten. Kurzum: Es geht hoch her im Gasthaus *Prostl.*

Und hätte sich die Gucki nicht solche Sorgen um ihren kleinen Turrini gemacht – der Fuzzi hätte seine Schilderung noch zehnmal wiederholt. So aber geht es dann nach dem dritten Bier doch heim. Gott sei Dank ist beim Fritz seinem Landrover nur der Auspuff, nicht aber die Heizung kaputt. So ist es in kürzester Zeit wohlig warm. Und wie sie so durch die verschneite Hügellandschaft dahingondeln, kommt der Gucki die letzte Nacht nur mehr wie ein Traum vor. Was heißt da die letzte *Nacht*? Die ganze letzte *Zeit* kommt ihr wie ein Traum vor. Alles nur ein böser Traum! Und wenn sie wieder aufwacht, liegt sie in ihrem Bett – und es gibt keine Polizisten, keine Leichen und schon gar keinen Mörder.

Der Gucki ihre Schlafzimmerdecke ist aus Kiefernholz. Das ist das Erste, was sie sieht, wenn sie aufwacht. Was sie aber sieht, ist kein Holz mit Ästen und Jahresringen – sie sieht alle möglichen Gestalten: Ritter, Pferde, Hunde, Indianer, Fische – alles mögliche. Das ist ein Spiel, das sie schon als Kind gern gespielt hat. Damals mit der Tapete in ihrem Kinderzimmer. Aber mit der Holzdecke funktioniert es fast noch besser. Da – ein Drache! Ein richtiger feuerspeiender Drache! Auf einmal merkt sie, dass sie ihre Hände nicht bewegen kann. Die Handschellen schneiden ins Fleisch. Und eiskalt sind sie auch. Dafür spürt sie auf einmal was Heißes an ihrem rechten Ohr. Der heiße Atem vom feuerspeienden Drachen? Leider nicht! Es ist der heiße Atem des Mörders. Und pervers ist er auch noch: schleckt ihr das Ohr ab!

Glücklicherweise ist es aber doch nur der Turrini, der ihr das Ohr abschleckt, kaum, dass der Fritz die Autotür aufgemacht hat. Vor lauter Freude, dass sein Frauli wieder daheim ist. Aufwachen! Ist doch die Gucki glatt eingeschlafen im Auto. Der Fuzzi natürlich auch. Muss auch vom Turrini aufgeweckt werden. Schleppt aber dann den Fritz auf der Stelle zu sich nach Hause in seine Pfuscherwerkstatt. Gipshand hin – Gehirnerschütterung her: Der Auspuff vom Landrover muss auf der Stelle geschweißt werden!

Der Websi und der Maxi haben auch genug Arbeit. Während der Websi die kaputte Haustür herrichtet, fährt der Maxi mit dem Fenster zum Glaserer. Die Gucki aber räumt einmal den ganzen Saustall zusammen, fährt einkaufen und kocht dann für ihre Gäste ein Eins-a-Mittagessen. Und als sie dann alle am Tisch sitzen und fröhliches Gläserzwitschern den Raum erfüllt, bringt es die Gucki beim besten Willen nicht übers Herz, dass sie den Websi fragt, ob er der Mörder ist.

XV

„Wer nix wird, wird Wirt!", sagt man normalerweise im Wirtshaus nicht. Weil es sich ja keiner mit seinem Wirt vertun will. Ich mein: Wenn du es dir daheim mit der Frau vertust – und der Haussegen hängt schief, kannst du immer noch ins Wirtshaus gehen. Wenn du es dir aber mit deinem Wirt vertust und der Wirtshaussegen hängt schief: Wo kannst du denn dann noch hingehen? Heim kannst du gehen!

Trotzdem sagt der Höllerer Pepi jetzt zur Gucki: „Wer nix wird, wird Wirt!" Obwohl sie in einem Wirtshaus sitzen. Im Gasthaus *Zur Deutschen Eiche*. Aber nicht vielleicht, dass der Pepi flüstern tät – ganz ungeniert sagt er das. Kann er sich erlauben. Weil er nämlich selber der Wirt ist. Seit vierzehn Tagen. Weil da sein Papa gestorben *ist. Nach längerem schweren Leiden, aber doch unerwartet* hat es auf dem Partezettel geheißen. Wobei *unerwartet* schon ein bisserl übertrieben ist, wenn du mich fragst. Wenn einer Leberzirrhose im Endstadium hat? Ist nur mehr in der Küche am Diwan gesessen und hat nicht mehr viel gesagt. Und hie und da ist er hinausgegangen. Ein Schluckerl trinken. Sagen wir einmal: ein Viertel Wein ex. Vor den Gästen hast du ihn nie trinken sehen. Weil im Gasthaus *Zur Deutschen Eiche* sitzen die Gäste grundsätzlich in der Küche. Genauer gesagt: die Stammgäste. Und jetzt sitzt dort die Gucki und plaudert mit dem Wirt.

„Ist die Gucki leicht Stammgast in der *Deutschen Eiche*?", wird man sich jetzt fragen. „Wird die nicht auch bald eine Leberzirrhose kriegen, wenn sie zweimal in der Woche in der Meierhansl-Hütte hockt und dann auch noch Stammgast in der *Deutschen Eiche* ist?" Aber nein! Die Gucki sitzt ja nur deswegen in der Küche, weil der Höllerer Leo dort Stammgast ist. Der, der ihr den Hund angedreht hat. Und außerdem mit dem Wirt weitschichtig verwandt. Hat die Gucki heute mit seiner Beiwagenmaschine abgeholt. Sprich: Abenteuer! Weil heute 15. März. Ist gleich: Schneefahrbahn. Aber – das sollte man gar nicht meinen – so eine Beiwagenmaschine ist auf Schnee besser wie jedes Auto. Der Leo hat die Gucki sogar fahren lassen. Hat ja den A-Schein. So ein Motorrad tät sie sowieso reizen. Halt ein schnelleres. Dem Leo seine 650er-BMW ist ja doch schon älter. Baujahr 1953. War trotzdem eine lässige Fahrt. Die Gucki auf der Maschine und der Leo und der Turrini im Beiwagen. Gleich in der zweiten Kurve hat es sie hinausgetragen. Hat der Leo nur gesagt: „Da müssen wir durch!" Und die BMW hat sich wirklich durch den Tiefschnee durchgeackert. Und so ist die Fahrt dann auch weitergegangen. Die Gucki einfach nicht herunter vom Gas. Und Bremsen kannst du auf Schnee sowieso vergessen. Hat die Gucki halt zum Leo und zum Turrini hinübergeschrien: „Burschen, jetzt greifen wir an!" Und dann hinein in die Kurve mit einem Hurra! Ein paar Mal hat es in einer Linkskurve sogar den Beiwagen ausgehoben. Wird der Leo froh gewesen sein, wie sie dann in der *Deutschen Eiche* gesessen sind.

Aber nicht, dass jetzt wer glaubt, dass es der Gucki nur ums Saufen geht! Ich mein: ausschauen tut es schon fast so. Vorgestern mit den Nachbarbuben Veltliner und Marillenschnaps, gestern mit den Nachbarbuben und mit dem Fritz hübsch einen Rotwein und heute sitzt sie mit dem Leo im Wirtshaus und trinkt schon wieder ein Bier. Aber nur, dass es nicht so auffällt, dass sie eigentlich nur den Wirt ausfratscheln will.

Das war nämlich so: Der Joe war ja an dem Samstag, an dem er ermordet worden ist, im Krankenstand. Sprich: am Vormittag ein bisserl pfuschen – und am Nachmittag eine kleine Wirtshaustour. Letzte Station aber *Deutsche Eiche*. War schon leicht angeschlagen, wie er gekommen ist. „Blun-zen-fett!", nennt es der Höllerer Pepi. So eine unbarmherzige Diagnose hörst du selten von einem Wirt. Weil ein Wirt in punkto Alkoholkonsum eher großzügig ist. Sagt normalerweise höchstens: „Jetzt hast' aber schon einen leichten Spitz", wenn einer 2,8 Promille hat und noch ein Bier anschafft. Aber der Pepi ist halt erst seit vierzehn Tagen Wirt. Das wird er schon noch lernen, dass man seine Gäste nicht als *blun-zen-fett* bezeichnet. Zum Trinken hat er dem Joe sowieso noch was gegeben. „Fünf oder sechs Bier werden es gewesen sein", rechnet der Pepi nach. „Dann hat auf einmal dem Joe sein Handy geläutet." Die Gucki natürlich ganz Ohr. Das war ja unter Umständen der Anruf vom Mörder. „Der Joe im ersten Moment überhaupt nicht begeistert", erzählt der Pepi auch schon weiter. „Weil er noch schnell eine

Heizung herrichten soll. Aber was soll er machen? Praktisch Notfall! Trinkt er halt aus und zahlt. Wie ich ihn aber frag, wo er so spät noch hin muss, grinst er blöd und sagt, dass er bei einer feschen Katz noch ein Rohr verlegen muss. Bei einer, die bei den *Mühlviertler Nachrichten* ist. Das hab ich dann halt auch den Gendarmen erzählt, wie sie mich gefragt haben." Wird der Gucki natürlich schlagartig klar, warum sich der Rammer eingebildet hat, dass sie die Mörderin ist: weil der Joe so getan hat, wie wenn er zu ihr fahren tät.

So ist es ja auch in allen Zeitungen gestanden: dass die heimtückische Mörderin ihr zweites Opfer im Gasthaus *Zur Deutschen Eiche* angerufen und in ihr Haus gelockt hat. In der *Kronen Zeitung* ist sogar *Hexenhaus* gestanden. Wortwörtlich! Und ein Foto von der Gucki ihrem Häusel war auch drin. Wie wenn man einem Häusel ansehen könnte, ob da eine Mörderin wohnt? Hat die Gucki lachen müssen, wie sie das gelesen hat. Hat ja gestern nicht nur einen Rostbraten und Broccoli fürs Mittagessen gekauft, sondern auch sämtliche Tageszeitungen. Und in allen Zeitungen war die Gucki der Aufmacher. Jetzt war sie in ganz Österreich bekannt: *Die Hexe von St. Anton!* Ob sie jetzt leichter eine Arbeit kriegt als Journalistin? Na ja, ausgeschlossen ist es nicht. Interessant war auch die Geschichte mit der Gucki ihrem *Lebensgefährten* beziehungsweise *Komplizen.* Damit war der Fuzzi gemeint. Der wird als *einschlägig bekannter Gewalttäter* bezeichnet. Wahrscheinlich, weil er damals beim Begräbnis vom Harry dem Rammer eine betoniert hat. Und wegen den Herren von der *Cobra* vermutlich auch. Ist aber nicht in der Zeitung gestanden. Wird der *Cobra* dann doch ein bisserl peinlich gewesen sein, dass ein klein gewachsener Kfz-Mechaniker fünf Nahkampf-Spezialisten verräumt hat. Da hat der Fuzzi schön geschaut, wie er sein Foto in der Zeitung gesehen hat. Praktisch *Verbrecherfoto*. Weil sie ihn im Untersuchungsgefängnis fotografiert haben. Einmal von vorne – und einmal von der Seite. Das rechte Aug arg zugeschwollen. „So ein fescher Teufel!", hat der Fuzzi gemeint. „Da werd ich mich vor lauter Heiratsanträge gar nicht derwehren können!" Hat die ganze Geschichte auch noch lustig gefunden. Ein anderer tät sich grün und blau ärgern, wenn er als Verbrecher in der Zeitung steht. Aber da kennst du den Fuzzi schlecht: Dem ist gar nix zu blöd!

Der Gucki aber auch nicht. Hat sich gar nicht abgeneigt gezeigt, wie der Höllerer Pepi davon angefangen hat, dass er jetzt, wo er ein Wirtshaus hat, schön langsam eine Frau braucht. Weil die Mama auch nicht mehr die Jüngste – und liegt schon seit einer Woche mit Grippe im Bett – und wer kocht ihm jetzt? Hat sich die Gucki doch glatt zum Ofen gestellt und gebackene Fleischknödel gemacht. Praktisch eine Mordsarbeit! Wie aber dann die Knödel auch noch fast so geschmeckt haben wie vom Pepi seiner Mama gemacht – und die war weit und breit für ihre Fleischknödel bekannt –, war der Pepi nicht mehr zum Bremsen. Eine, die im tiefsten Winter mit einer Beiwagenmaschine fährt und dann auch noch kocht wie die Mama – so eine kriegt er nicht so schnell wieder! Also hinunter in den Keller – heut ist der beste Wein gerade gut genug!

War der Gucki gar nicht so unrecht. Den Pepi hat sie zwar schon ausgefratschelt, aber sie muss ja sowieso noch den Leo aushorchen. Der handelt ja auch mit den Tschechen und den Russen – da muss er doch über die Geschäfte vom Harry was wissen. Vielleicht sogar über die Geschäfte vom Websi? Nur ist der Leo halt doch eine härtere Nuss. Der redet nicht gern über seine Geschäfte. Schon gar nicht in einem Wirtshaus. Lässt sich die Gucki halt einmal den Rheinriesling schmecken. Ein Wein wie ein Blick in bernsteingoldene Augen – praktisch der Märchenprinz unter den Weinen! Trotzdem fängt sich der Pepi eine ordentliche Watschen ein, als er ihr beim Witzerzählen versehentlich auf den Busen greift. War wirklich nicht absichtlich. Ist ihm einfach passiert. Wie er gerade den Witz vom *Hirnpecker* erzählt hat. Den erzähl ich aber jetzt nicht. Erstens ist er ziemlich ordinär – und zweitens hat ihn der Pepi auch nicht fertig erzählt. Weil ihm die Watschen so das Hirn durcheinandergebeutelt hat, dass er ganz auf die Schlusspointe vergessen hat. Oder hat er sich nur nicht getraut? Weil die Pointe eigentlich darin besteht, dass die Weiber brunzdumm sind. Wie ich die Gucki kenne, hätte er bei so einem Witz auch ohne das Auf-den-Busen-Greifen eine gefangen. Obwohl: Die Watschen hat ihn nicht einmal gestört. Was ich damit sagen will, ist aber nicht vielleicht, dass der Pepi so einer ist – halt so einer, der zu einer Strengen Herrin geht, wo er dafür zahlen muss, dass er verdroschen wird. Sagen will ich damit nur, dass dem Pepi die Watsche imponiert hat: Eine, die so zuhauen kann – die kann auch ordentlich zupacken! Gell? Und bei einem Wirtshaus – da muss eine Frau schon ordentlich zupacken können.

Tüchtig ist sie wirklich, die Gucki – das muss man ihr lassen. Die schüttet den Wein hinunter wie nix! Das muss er ihr noch abgewöhnen. Ich mein: Ein bisserl was muss eine Wirtin schon mittrinken mit die Gäste, aber doch nicht gleich saufen wie ein Loch! Schon wieder alles ratzeputz weg! Kann er schon wieder in den Keller rennen! Als Kind hat er sich immer gefürchtet im Keller. Vor den Ratzen. Hat es damals wirklich gegeben. Drum hat ihn der Papa immer in den Keller gesperrt. Wenn er schlimm war. Jetzt gibt es Gott sei Dank längst keine Ratzen mehr. Nur mehr Flaschen. Gibt es das, dass sich Flaschen bewegen? Dass sie ihn aus verschlagenen Augen anblinzeln? Dass sie grinsen, dass man ihre grauslichen gelben Zähne sieht? Dass sie auf einmal alle gleichzeitig auf den kleinen Pepi losgehen?

Weil der Pepi nicht nur am Tisch eingeschlafen ist, sondern auch im Schlaf ächzt und stöhnt, wie wenn er abgestochen würde, bleibt der Gucki und dem Leo nichts anderes übrig, als dass sie schön langsam heimfahren. Gut, dass dieses Mal der Leo fährt. Weil wenn du in jeder zweiten Kurve speibst, ist es doch gescheiter, du sitzt im Beiwagen.

XVI

„Lieber gut gebrunzt als schlecht gepudert!", kann natürlich nur ein Mann sagen. Weil Brunzen *männlich* ist. Männer *brunzen* – Frauen *wischerln*. Das klingt ganz anders. Da mein ich jetzt aber nicht das Wort, sondern das Geräusch. Eigentlich ganz logisch. Eine Frau wischerlt im Hocken – ist gleich: geringe Fallhöhe des Urinstrahls – ist gleich: fades Geräusch. Ein Mann aber brunzt im Stehen – große Fallhöhe des Urinstrahls: macht natürlich akustisch mehr her. Vergleiche Niagara-Fälle! Hat das jeder verstanden? Gut – jetzt wissen wir also einmal, warum nur Männer brunzen. Jetzt aber zum Vergleich mit dem Pudern! Wer da draufgekommen ist –? Keine Ahnung! Auf jeden Fall ein lässiger Spruch. Heutzutage tät man sagen *cool*. Und gar nicht einmal so falsch. Ich mein: Wenn du – sagen wir einmal – zehn Halbe Bier getrunken hast und wirklich notwendig brunzen musst: Das ist schon eine Erleichterung. So geil musst du erst einmal sein, dass das Pudern auch so eine Erleichterung ist! Und dann weißt du immer noch nicht, ob das Pudern wirklich hinhaut. Kann ja auch danebengehen. Das gibt es beim Brunzen nicht. Außer du hast es mit der Prostata. Aber normalerweise ist das Brunzen eine Freud. Drum ist ja der Spruch auch so beliebt. Normalerweise sagt ihn ein Mann zum anderen, wenn sie nebeneinander stehen und brunzen.

Jetzt ist die Situation allerdings ein bisserl anders. Es ist zwar der Fuzzi, also ein Mann, der „Lieber gut gebrunzt als schlecht gepudert!“, sagt, während er vor dem Gasthaus *Otter* an die Hausmauer brunzt, aber er sagt es nicht zu einem Mann, sondern zur Gucki. Die scheißt sich nämlich nix und wischerlt mitten auf den Parkplatz. Grad ein paar Schritte vom Fuzzi weg. Ist auch nicht viel kälter als am Klo vom *Otter*. Das ist sowieso nicht geheizt. Und die frische Luft tut ihr auch gut. Ist doch hübsch lang im Wirtshaus gesessen. Der Fuzzi und sie sind wieder einmal die Letzten, die heimgehen. Besser gesagt: heimfahren. Nur: Wer fährt? Wenn man nach dem geht, wie lange der Fuzzi brunzt, hat er mehr als zehn Bier: vielleicht nicht gerade Niagara-Fälle – Krimmler-Wasserfälle aber ganz bestimmt! Muss halt die Gucki ihren Führerschein riskieren. Dem Fuzzi haben sie sowieso schon ein paar Mal den Schein gezupft. Beim letzten Mal sogar *Königsklasse*: ist gleich: mehr als 1,6 Promille. Da ist nicht nur der Schein weg – da musst du dann auch zum Vogel-Doktor. Da hört sich die Gaudi auf!

Mein Gott, war das heute wieder eine Gaudi! Also: der Anlass ja weniger – der war eher traurig. Das Totenwachen für den Joe nämlich. Wenn das einer nicht kennen sollte: Totenwachen nennt man das Rosenkranzbeten für einen Verstorbenen. Da wird immer am Abend in der Kirche gebetet. Die letzten zwei Tage vor dem Begräbnis. Am ersten Tag der Schmerzensreiche Rosenkranz – und am zweiten dann der Glorreiche. Praktisch: Zuerst Trauer – dann Freude.

Heute Schmerzensreicher Rosenkranz – dann Gasthaus *Otter*. Praktisch Gaudi. Ich mein: nicht sofort natürlich. Aber nach dem dritten Bier ist es dann schon nicht mehr ganz so traurig gewesen. Weil die Olga die Gucki gefragt hat, ob sie in Weiß heiratet. „Den Fuzzi heiraten – in Weiß?", ist die Gucki natürlich sofort eingestiegen. „Bei so einem Bräutigam werd ich mich eher um ein schwarzes Brautkleid umschauen müssen! Ist ja schließlich ein trauriger Anlass!" Da ist auch schon fest gelacht worden. Der Fuzzi – natürlich auch nicht faul – legt gleich ein Schäuferl nach: „Ich wollt ja schon ein schwarzes Bettzeug für die Hochzeitsnacht kaufen, aber das haben sie nicht im Lagerhaus!" Und so ist es dann weitergegangen. Haben sie der Olga einen Bären nach dem anderen aufgebunden. Dass die Hochzeit am 21. Juni ist. Weil da die kürzeste Nacht des Jahres ist. Und der Fuzzi die Hochzeitsnacht sowieso verschlaft. Und so weiter. Lauter Blödsinn halt. Wird sich aber trotzdem in St. Anton herumreden – wie ich die Olga kenn.

Jetzt ist aber die Gaudi vorbei. Weil die Gucki beim Heimfahren zwei Mittelstreifen sieht. Nebeneinander! Ist doch nicht mehr so nüchtern, wie sie gedacht hat. Trotzdem lädt sie den Fuzzi noch auf ein Flascherl Wein ein. Jetzt oder nie! Aber nicht, dass sie so dringend einen Mann braucht – sie braucht dringend wen, mit dem sie über ihren Verdacht reden kann: dass der Websi der Mörder ist. Und außerdem müssen sie sowieso ihre Hochzeit noch im Detail besprechen. Ob es als Hochzeitsessen wirklich eine Blunzen gibt –

zum Beispiel. Und denken – denken tut sich die Gucki auch nichts dabei. Dass der Fuzzi über sie herfallen könnte. Hat eher Angst, dass er hinfallen könnte. Weil ihr Haus hinter Steinen und Bäumen versteckt. Und keine Außenbeleuchtung. Da kannst du dich schon leicht derstessen! Nimmt sie also den Fuzzi bei der Hand. Wie er sich endlich mit Ach und Krach aus dem *Karman Ghia* herausgewurstelt hat. Ist ihm eh nicht recht. „Glaubst, ich hab das not, dass ich mich von einem Weib abschleppen lass?", knurrt er sie an. Ihre Hand lässt er aber lieber doch nicht aus. So eine rabenschwarze Nacht, dass du die Hand vor den Augen nicht siehst! Und mit seinen gebrochenen Rippen will er auch nicht unbedingt in einen Baum hineinrennen.

Gut, dass der Turrini den *Karman Ghia* gehört hat. Brauchen sie nur dem Gebell nachgehen, und schon sind sie bei der Haustür. Na, das ist vielleicht eine Wiedersehensfreude! Grad dass er sein Frauli nicht umschmeißt. Ist doch schon ein bisserl wackelig auf den Beinen. Muss sie gleich einen Veltliner aufmachen. Praktisch Wiederherstellung des Gleichgewichtes. Zwischen Bier und Wein. Der Fuzzi hat anscheinend vor, länger zu bleiben. Weil er einheizt. Den Holzofen. So einer, wo du durch ein Fenster das Feuer siehst. Romantisch. Ob er doch mehr von ihr will als nur einen Veltliner? Muss die Gucki direkt lachen, wenn sie sich das vorstellt. Weil sie der Fuzzi an den Turrini erinnert: Da tut er immer so wild – und dabei ist er in Wirklichkeit ein ganz ein Braver!

Und wirklich – der Fuzzi trinkt brav seinen Wein und denkt anscheinend kein bisserl an das, was man *sexuelle Belästigung* nennt. Eher könnte man sagen: seelische Belästigung. Weil er der Gucki von seinem Seelenleben erzählt. Das hat er noch nie gemacht. Sonst immer nur Hetz und Hollodrio – jetzt auf einmal fast ernst. Ich mein: Erzählen tut er schon so, wie wenn es die größte Gaudi wär, aber Inhalt weniger lustig. Weil es halt einmal nicht so lustig ist, wenn du als Jugendlicher, wenn die anderen die ersten Räusche und die ersten Mädchen heimschleppen, ununterbrochen operiert werden musst. Und lauter so heikliche Sachen wie der Schädel oder die Wirbelsäule. Und wenn du dann nach den ganzen Operationen auch nicht viel besser ausschaust als wie der Glöckner von Notre Dame. Weil den Film hat der Fuzzi gesehen. Wo der Anthony Quinn den Glöckner spielt. Nur mit dem Unterschied, dass sich der nach dem Filmen die Schminke wieder herunterkratzt – während der Fuzzi immer der Fuzzi bleibt.

Was soll die Gucki da jetzt sagen? Sagt sie, dass der Fuzzi eh ein Märchenprinz ist, ist es ein Schmarrn – sagt sie, dass es bei einem Menschen nur auf die inneren Werte ankommt, ist es genauso ein Schmarrn. Weil abgedroschen bis zum Gehtnichtmehr. Sagt sie halt einfach was ganz was anderes. Praktisch Themenwechsel. „Wer wird denn der Nächste sein?“, sagt sie. Eigentlich eine Frage, die den Fuzzi interessieren müsste. Weil er selber der Nächste sein könnte, auf den es der Mörder abgesehen hat. „Ah – ja!“, sagt der Fuzzi nach längerem Nachdenken. Das ist natürlich keine Antwort. Das heißt nur, dass ihm einleuchtet, dass sich der Mörder seine Opfer im Umkreis vom Harry sucht. Und dann – wieder nach längerem Nachdenken – meint der Fuzzi: „Kommen eigentlich nur der Websi, der Maxi und ich in Frage. Halt die, die früher mit dem Harry beinand waren. Und wissen, dass der Harry krumme Geschäfte gemacht hat. Wird es bald aus sein mit dem Tarockieren, wenn der Mörder so weitertut. Weil wir keine vier Mann mehr zusammenbringen."

Muss die Gucki natürlich lachen, wie der Fuzzi das so trocken herausscheibt. Aber das Lachen vergeht ihr gleich. Weil der Fuzzi auch schon weiterredet: „Und ob *du* noch länger beim Tarockieren dabei bist, ist auch nicht so sicher! Du weißt ja in der Zwischenzeit auch ein bisserl was über dem Harry seine Geschäfte. Und das weiß auch der Mörder, dass du das weißt. Weil es ja in der Zeitung steht!" Wird die Gucki direkt blass. An das hat sie noch gar nicht gedacht. Wenn *sie* der Mörder wär, tät sie als Nächstes diese Journalistin heimdrehen. Die weiß ganz einfach zu viel: das mit der Uhr, das mit der Krähe, das mit den Spuren im Schnee und das mit dem Telefonanruf. Obwohl: Das mit dem Anruf steht ja noch gar nicht in den *Mühlviertler Nachrichten*. Und außerdem spielt es eigentlich nur eine Rolle, wenn der Websi der Mörder ist. Nur: Wenn er es ist, wird er draufkommen, dass er da einen Fehler gemacht hat – dumm ist er ja nicht, der Websi. Und wird auch draufkommen, dass eigentlich nur die Gucki das Handy vom Joe haben kann.

Und dann bleibt ihm eigentlich gar nichts anderes übrig, als dass er die Gucki auch –.

„Ziehst zur Leich wenigstens wieder dein Kleiderl an, dein kurzes, schwarzes?", reißt sie auf einmal der Fuzzi aus ihren Gedanken. Dem ist natürlich aufgefallen, dass die Gucki schon die längste Zeit ins Narrenkastl schaut. Hat der Fuzzi fast ein schlechtes Gewissen, weil er ihr mit seiner blöden Bemerkung Angst eingejagt hat. Und außerdem ist der Wein gar. Also: Die Flasche ist leer – der Wein ist Gott sei Dank noch nicht gar. Drum macht die Gucki auch schon die nächste Flasche auf. Und gibt dem Fuzzi auch schon die passende Antwort auf seine Frage: „Nur wenn du auch die fesche Feuerwehruniform an- und beim Leichenschmaus wieder ausziehst!" Dabei überlegt sie natürlich hin und her: Soll ich jetzt vom Websi anfangen oder nicht? Ja – oder nein? Nein – oder ja? *Fieberhaft* nennt man das: Wenn du denkst, aber gar nicht richtig denken kannst, weil die Gedanken im Schädel so schnell hin und her fetzen wie ein Tischtennisball. Dass du richtig schwindelig wirst vor lauter Denken. Wie reagiert der Fuzzi, wenn sie ihm das jetzt sagt? Möglichkeit eins: Er macht die Gucki völlig zur Sau, weil sie einen Spezl als Mörder verdächtigt. Möglichkeit zwei: Er springt in den Karman Ghia und macht den Websi total zur Sau. Beide Möglichkeiten gleich schlecht!

Und außerdem kann die Gucki nicht ordentlich denken, weil sie ununterbrochen ordentlich trinken muss. Und weil der Fuzzi ununterbrochen lustige Geschichten erzählt, die sich irgendwann einmal bei einem Begräbnis abgespielt haben. Sagen wir einmal: die Geschichte, wie einem Sargträger der Strick ausgekommen ist – und der Sarg kopfüber ins Grab geplumpst ist. Das ist schon länger her – wie sie die alte Pfarrerköchin in St. Anton eingegraben haben. Die Berta. Haben die Leute natürlich gesagt: „Die Berta hat ja schon immer einen Dickschädel gehabt – immer mit dem Kopf durch die Wand!“ Halt so Geschichten, die den Tod lustiger ausschauen lassen, wie er in Wirklichkeit ist. Praktisch zur Einstimmung auf das Begräbnis vom Joe. Übermorgen. Montag, 18. März. Trotzdem noch immer kein Hindenken an einen Frühling! Zumindest nicht in St. Anton. Während die Linzer Grünflächen schon mit dem penetrantesten Grasgrün und dem knalligsten Blumenbunt protzen, faulenzt die Natur im Mühlviertel noch immer unter einer dicken Tuchent aus Schnee. Und saukalt ist es auch. Was zieht die Gucki also wirklich an zum Begräbnis?

Diesmal ist sie zum Begräbnis eingeladen. Von den Eltern vom Joe. Die haben sich ja sogar bedankt bei ihr. Nach dem Totenwachen. War der Gucki eh peinlich. Hat ihnen eh erklärt, dass früher oder später auch die Polizei draufgekommen wär, dass der Joe kein Selbstmörder, vor allem aber kein Mörder ist. Dankbar waren sie trotzdem. Praktisch Ehrenrettung von ihrem Buben. Aber alle anderen Journalisten soll der Teufel holen! Muss man schon sagen: Fein haben sich da der Gucki ihre Kollegen von den anderen

Zeitungen nicht benommen. Zuerst stellen sie den Joe als Monster hin – natürlich eine Riesengeschichte auf Seite 1 und mit Foto – und wie sich dann herausstellt, dass er nicht nur völlig unschuldig, sondern auch ein Opfer ist, bringen sie das auf Seite 16. Und natürlich ganz kurz – praktisch so nebenbei. Aber so ist es halt einmal – das Geschäft mit den Sensationen. Will sich die Gucki das wirklich antun: dass sie Karriere macht – und dann auch einmal so wird?

Gell, da kommt alles durcheinander? Lustige Begräbnisgeschichten, der Winter, berufliche Sinnkrise – ein Durcheinander wie Kraut und Rüben! Aber so ist es halt einmal, wenn du dasitzt und eine Flasche nach der anderen aufmachst. Zum Schluss hat die Gucki komplett vergessen, dass sie mit dem Fuzzi eigentlich über den Websi reden wollte. Und am nächsten Tag hat sie komplett vergessen, wie sie ins Bett gekommen ist. Das kann aber auch der Schock gewesen sein, den sie beim Aufwachen gekriegt hat. Neben ihr im Bett liegt nämlich nicht – wie gewohnt – der Turrini, sondern der Fuzzi. Wird aber schon nichts gewesen sein. Sind ja alle zwei angezogen. Und ausziehen und dann wieder anziehen – das hätten sie in ihrem Zustand bestimmt nicht mehr geschafft!

XVII

„Gusto und Watschen sind verschieden!“, sagt man normalerweise beim Essen. Wenn es eigentlich was Gutes gibt – und du bringst trotzdem keinen Bissen hinunter, weil du dich schon beim Geruch fast anspeibst.

Trotzdem sagt die Olga jetzt: „Gusto und Watschen sind verschieden!“ Obwohl es gar nicht ums Essen geht. Weil wir nämlich beim Frühschoppen sind. Und da geht es höchstens ums Nicht-Essen. Weil manche Männer im Eifer des Gefechtes ganz aufs Heimgehen – und damit aufs Mittagessen – vergessen. Hat aber schon seine Berechtigung, der Spruch von der Olga. Weil der Rauh Wick so ein Mordstrumm Watschen eingefangen hat, dass er ausnahmsweis einmal völlig schmähstad ist. Und das gibt es beim Wick sonst nie. „Weil der immer seine Pappen offen haben muss! Recht geschieht es ihm! Was muss er auch immer so goschert sein! Die Watschen hat ihm eh schon lang gehört!“, kann die Olga natürlich nicht laut sagen. Denken schon. Weil sie dem Wick die Watschen schon lang vergunnt. Jetzt tut sie sich natürlich schwer, dass sie mit dem Fuzzi schimpft. Weil es der Fuzzi war, der dem Wick die Watschen verabreicht hat. Sie muss aber schimpfen. Weil sie es ja nicht durchgehen lassen kann, dass in ihrem Wirtshaus Watschen ausgeteilt werden. Schimpft sie halt ein bisserl mit dem Fuzzi. Eh nur pro forma. „So ein damischer Kunt*!“, sagt sie zum Fuzzi. Aber nicht wirklich vorwurfsvoll. Und ein Bier bringt sie dem Fuzzi auch. Normalerweise ist sie da ganz anders. Normalerweise heißt es bei einer Rauferei: „Wer nix vertragt, kriegt auch nix mehr!“ Und da gibt es dann wirklich nichts mehr zum Trinken.

In der Zwischenzeit hat sich aber auch der Wick wieder derrappelt und seine Sprache wieder gefunden. Wobei *Sprache* in seinem Fall *Schmäh* heißt. „Wenn du schon vorm Heiraten so eifersüchtig bist – wie wird denn das erst nachher ausschauen?“, sagt er zum Fuzzi. Und grinst auch schon wieder ein bisserl. Das kann aber auch daher kommen, dass seine Pappen von der Watschen noch immer ein bisserl verzogen ist. Ob er jetzt gleich noch eine kriegt? Aber nein! Der Fuzzi steigt natürlich drauf ein: „Bist deppert? Glaubst, nach dem Heiraten darf ich noch auf den Frühschoppen gehen?“ Und schon entwickelt sich eine lebhafte Unterhaltung über das altbekannte Thema *Das traurige Los der Ehemänner*. Wie es bei einem Frühschoppen halt so ist. Und die Watschen ist auch schon wieder vergessen.

„Wie ist es denn überhaupt dazu gekommen?“, wird man sich jetzt fragen. Da muss ich vielleicht doch ein bisserl weiter ausholen. Also: Die Gucki ist aufgewacht. Im Bett der Fuzzi. Eh schon wissen! Hat sie den Fuzzi zum *Otter* brin-

* Kunt: Kerl

gen müssen. Weil ja dort sein Auto steht. Und weil Sonntag ist, sind sie halt gleich auf den Frühschoppen. Bummvoll, die Gaststube. Mordsmäßig zugegangen ist es. Bis ins Vorhaus hinaus hast du es schreien und lachen gehört. Aber kaum, dass sie bei der Tür hinein sind, ist es auch schon still geworden. Schlagartig. Hat der Fuzzi natürlich sofort mitgekriegt, dass da was nicht stimmt. Und gleich Gas gegeben: „Was schaut's denn so blöd? Habt's noch nie einen schönen Mann gesehen?“ Ein Spruch, bei dem normalerweise gelacht wird. Heute nicht. Dafür ist der Wick aufgestanden und hat mit der *Kronen Zeitung* herumgefuchtelt. „Kannst leicht nicht lesen?“, hat er den Fuzzi gefragt. Und dem Fuzzi die Zeitung unter die Nase gehalten. Ein Bild von der Gucki. Im Skianzug. Muss irgendwer am Faschingsdienstag gemacht haben. „Weiß ich doch eh, dass ich eine fesche Braut hab!“, plärrt der Fuzzi. Aber wieder hat keiner gelacht. Dafür hat der Wick vorgelesen. Aus der Zeitung. Eh nur einen Satz – dann ist er auch schon unterm Tisch gelegen. Aber der eine Satz hat es in sich gehabt: *Ist es wirklich nur ein Zufall, dass die heimtückische Mordserie begonnen hat, seit Gudrun W. (28) im idyllischen St. Anton ein Geheimbordell betreibt?*

Deswegen hätte der Fuzzi dem Wick doch keine pracken müssen! Wenn du zwei Tage vorher in derselben Zeitung als Doppelmörderin hingestellt worden bist, ist der Vorwurf der Geheimprostitution ja direkt ein sozialer Aufstieg. Blöd wird es nur, wenn in der nächsten Zeit ununterbrochen Männer vor der Haustür stehen, die sich auf einen vergnüglichen Abend freuen – und die Gucki kann ihnen nicht einmal einen Sekt anbieten. Geschweige den Pornovideos. Aber eigentlich hat es die Gucki schon längst aufgegeben, sich Sorgen um ihre Zukunft zu machen. Eigentlich ist es auch gar nicht mehr ein beruflicher Ehrgeiz, dass sie den Mörder vom Harry und vom Joe finden will. Jetzt, wo ihr ganzes Leben auf einmal nur mehr ein einziges Chaos ist – jetzt ist es sozusagen was Persönliches: sie – und der Mörder!

Sogar auf den Frühschoppen verzichtet sie jetzt. Obwohl es wirklich lustig ist. Der Fuzzi verrät nämlich, wie ihre Zukunft ausschaut: ein Werkstatt-Puff – beziehungsweise eine Puff-Werkstatt. Eine geniale Idee. Während der Fuzzi in der Werkstatt Autos herrichtet, können die Kunden die Gucki im Puff besuchen und ersparen sich damit die lästige Warterei. „Praktisch zwei Fliegen auf einen Schlag!", plärrt der Fuzzi. Und erntet damit natürlich schallendes Gelächter. Trotzdem reißt sich die Gucki los. Jetzt will sie es ganz einfach wissen!

Und eine Stunde später weiß sie auch schon, dass ein fettes Geselchtes nicht das Wahre ist, wenn man einen schlechten Magen hat. Nicht, dass es ihr nicht geschmeckt hätte – es hat ihr sogar *zu* gut geschmeckt. Das Bauchfleisch, das ihr die Mama vom Websi aufgetischt hat. Die muss sich denken, dass die Gucki komplett verfressen ist. Dabei ist sie ja eigentlich gekommen, um die Frau Weber auszuhorchen – und nicht, um ein halbes Kilo Fleisch, drei riesige Mehlknödel und eine Schüssel Kraut hinunterzuschlingen. Aber halt wieder einmal völlig ausgehungert. Weil du natürlich nicht ans Essen denkst, wenn du ununterbrochen an einen Mörder denkst. Hat ja nicht einmal daran gedacht, dass grad Mittagszeit ist, wie sie beim Websi seiner Mama hineingeplatzt ist. Hat so getan, wie wenn sie nicht wüsste, dass der Websi nicht daheim ist. Weil auf Montage. Zumindest angeblich. Aber halt Mittagessen grad fertig. Und gut gerochen. Hat sich die Gucki nicht lang nötigen lassen zum Essen. Erstens ein Mordshunger, zweitens aber: Beim Essen kommt man ins Reden. Die Gucki weniger. Hat ja hineingeschaufelt wie ein Mähdrescher. Und jetzt ist ihr schlecht. Aber ordentlich auch noch!

„War's leicht z'fett?" Direkt ein schlechtes Gewissen hat die Frau Weber jetzt. Weil die Gucki gar so kasweiß ist. „Da hab ich ein Hausmittel – das renkt den Magen gleich wieder ein!" Und da muss ich der Frau Weber recht geben. Sicher, jeder hat da sein eigenes Rezept, wenn einem schlecht ist: Der eine sagt *Schnaps* – der andere sagt *Magenbitter*, aber wenn du mich fragst, ist und bleibt ein Nussschnaps das Allerbeste. Der wird angesetzt. Das heißt: Da kommen ganz frische Walnüsse in einen normalen Kornschnaps hinein – und der wird dann ein paar Wochen lang stehen gelassen. Bis er ganz braun ist. Das kommt von der Haut von der Nuss. Die ist so bitter, dass du sie unmöglich essen kannst. Wird natürlich der Schnaps auch bitter. Drum wird er dann ordentlich aufgezuckert. Resultat logischerweise: bittersüß. Interessantes Wort. Hat man früher in so Romanen über Liebesgeschichten gesagt, die nicht gut ausgehen. Kann ich mir nicht recht vorstellen: eine Liebe wie ein Nussschnaps? Aber was soll's? Bevor ich einen Liebesroman les', trink ich sowieso hundertmal lieber einen Nussschnaps! Da muss mir nicht einmal schlecht sein!

Der Gucki ist aber wirklich schlecht – drum trinkt sie jetzt auch schon den dritten Nussschnaps. Hilft tatsächlich. Nur: Angesoffen darf sie nicht werden! Weil bis jetzt hat nicht sie die Frau Weber ausgehorcht, sondern die Frau Weber die Gucki. Ob sie wirklich den Fuzzi heiratet? Antwort: nein, nur eine Gaudi! Ob die Polizei schon eine Spur vom Mörder hat? Nein, viel zu dumm! Ob die Gucki jemandem gesagt hat, dass sie den Websi besucht? Nein – geht ja keinen was an! Gleich wird die Frage kommen, ob sich die Gucki vorstellen kann, Bäuerin zu werden. Was soll sie da sagen? Vielleicht sagt sie *vielleicht*? Dann muss die Frau Weber unweigerlich auf den Websi zu sprechen kommen. Und endlich aufhören mit der Ausfratschlerei. Was soll denn eigentlich die Frage, ob die Gucki jemandem gesagt hat, dass sie den Websi besucht? Ergibt keinen Sinn! Irgendwie ist das ganze sowieso sinnlos. Weil sie auf einmal so müd ist. Und eigentlich nur mehr schlafen will. Sie ist aber nicht wegen einem Mittagsschlaferl zur Frau Weber gekommen! Und drum wird sie sich jetzt gefälligst zusammenreißen und fragen, ob die Frau Weber vielleicht zufällig den Joe angerufen hat. Am 10. März. Praktisch an dem Tag, an dem er ermordet worden ist.

Fällt der Gucki nicht leicht, die Frage. Aber nicht von wegen Peinlichkeit – das Sprechen fällt ihr auf einmal so schwer. Wie wenn sie einen Knödel im Mund hätte. Und der Knödel wird immer mehr, je länger sie kaut. Und der Knödel wird immer größer und größer – bis er zum Schluss so groß ist wie ein Silobinkel. Und bevor die Gucki auch nur ein Wort herausbringt, hat sie der Knödel auch schon verschluckt.

XVIII

„Vom Hudeln kriegt man Kinder!", sagt man natürlich nicht direkt beim Kindermachen, sondern bei irgendeiner anderen Arbeit. Praktisch übertragene Bedeutung: Wenn du glaubst, alles muss unbedingt ruck-zuck gehen, denkst du leider nicht an die Gefahr. Kaum hast du vor lauter schnellschnell bei der Kreissäge das Schutzblech vergessen, fehlen dir auch schon ein paar Finger! Genau wie beim Schnackseln: Kaum hast du vor lauter Geilheit das Präservativ vergessen, hast du auch schon ein paar Kinder! Ist schon was Wahres dran an dem Spruch. Nur halten – halten tut sich kein Schwein dran! Weil heutzutage alles immer schneller und schneller gehen muss. Weil der Fortschritt aus unserem Leben eine einzige Hudlerei gemacht hat! Ist mir schon klar, dass das eigentlich nicht hierher gehört. Weil ja eigentlich ein jeder wissen will, was mit unserer Gucki los ist. Aber weil's wahr ist!

Und außerdem hat die Frau Weber gerade zur Gucki gesagt: „Vom Hudeln kriegt man Kinder!" An sich eine vernünftige Lebensweisheit. Nur halt auch nicht direkt eine Antwort auf der Gucki ihre Frage: „Und warum haben Sie *mich* nicht umgebracht?" Oder war es doch eine Antwort? Weil die Frau Weber doch ziemlich bös gelacht hat. Wie sie die Gucki dann wieder geknebelt hat. Sogar im Gehen hat sie noch gelacht. Wahrscheinlich nicht einma*l bös,* sondern *irr.*

Ja, das war es: Irrsinn! Totaler Irrsinn! Und sie ist dieser Irrsinnigen hilflos ausgeliefert!

Die Gucki kriegt auf einmal eine Ganslhaut. Aber nicht nur, weil es so kalt ist im Heustadel. Nicht nur, weil sie sich kaum bewegen kann, weil sie an den Händen und Füßen gefesselt ist. Die Gucki kriegt eine Ganslhaut, weil die Frau Weber komplett wahnsinnig ist. Aber in ihrem ganzen Wahnsinn trotzdem so gerissen, dass keiner draufgekommen ist, dass sie es war, die den Harry und den Joe ermordet hat. Und am allermeisten kriegt die Gucki von dem eine Ganslhaut, dass ihr die Frau Weber die Morde so seelenruhig geschildert hat. Mit allen Einzelheiten. Kann eigentlich nichts anderes heißen, als dass als Nächstes die Gucki dran ist!

Nur: Warum lässt sie sich mit ihr so viel Zeit? Warum hat sie ihr was zu trinken gebracht? War gar nicht so leicht. Trink einmal aus einer Flasche, wenn du die Hände auf den Rücken gefesselt hast! Da kommst du dir vor wie ein Kleinkind! Noch dazu hat sie die Frau Weber auch wie ein Kleinkind behandelt. „Schön brav trinken!", hat sie gesagt. Und der Gucki dann auch noch nach jedem Schluck den Mund abgewischt. Warum hat sie der Gucki dann die Wäscheleine von den Beinen gewickelt, ihr auf die Füße geholfen, ihr die Hose und die Unterhose hinuntergezogen und gesagt: „Und jetzt machen wir schön brav Lulu!" Hat ihr in die Hocke und dann wieder auf geholfen. Und sie wieder angezogen. Und sie dann ganz behutsam ins Heu gelegt.

Da hat die Gucki gemerkt, was für eine Kraft diese kleine, dicke Frau hat. Hat sie auch haben müssen – sonst hätte sie doch den Joe mit seinen gut hundert Kilo nicht herumschleppen können. Geschweige denn aufhängen! Soll sie es trotzdem riskieren? Die Gucki riskiert es. Wie sich die Frau Weber gerade nach der Wäscheleine bückt, holt sie mit aller Kraft mit dem rechten Fuß aus. Sie muss sie am Kopf erwischen – am besten an der Schläfe. Erwischt sie aber leider nur an der Schulter. Fällt nicht einmal um, die Frau Weber. Kommt nur ein bisserl aus dem Gleichgewicht und ist der Gucki anscheinend nicht einmal böse. „Na, na – so was tut ein braves Mädi aber nicht!", sagt sie nur. Und hat die Beine von der Gucki auch schon wieder fest mit der Wäscheleine verschnürt. Warum hat die Frau Weber die Gucki dann zum Schluss wieder mit einer Decke zugedeckt? Bevor sie gegangen ist. Ist sie wirklich *so* wahnsinnig, dass sie glaubt, die Gucki vergisst die ganze Geschichte und heiratet den Websi, wenn sie ihr nur lang genug gut zuredet?

Es war nämlich nicht nur so, dass die Frau Weber der Gucki feinsäuberlich die beiden Morde gestanden hat – sie hat auch gleich das Mordmotiv mitgeliefert: Ihr Bub, der Hansi, braucht dringend eine Frau – genauer gesagt eine *Bäuerin*. Und sie – als gute Mutter – tut natürlich alles für das Lebensglück ihres Buben. Der im Übrigen ein selten braver Bub ist und ganz bestimmt ein braver Ehemann werden wird. Ganz im Gegensatz zu diesem Harry. Der sowieso nie daheim war. Mit dem hätte die Blumauer Anni bestimmt keine Freude gehabt. Und außerdem kriminell auch noch. Woher hat er denn sonst das viele Geld? Und gesoffen hat er auch. Hat ja schon hübsch einen Rausch gehabt, wie er damals gekommen ist. Und nach ein paar Stamperl hat er seinen Koffer aufgemacht und mit dem Geld herumgeprotzt. Aber wegen dem Geld hat er nicht sterben müssen. Nur wegen der Anni. Das Geld hat sie sowieso nicht behalten wollen. Hat es eigentlich der Kirche spenden wollen. Bis ihr dann eingefallen ist, dass sie es ja dem Joe unterschieben kann. Wie sie erfahren hat, dass er was hat mit der Anni. Da hat dann der Joe auch wegmüssen. Der wär für die Anni auch nichts gewesen. Auch so ein Hallodri! Nur: Ganz sicher ist sie jetzt nicht mehr, ob die Anni wirklich die Richtige ist für ihren Hansi. Lackierte Fingernägel beim Begräbnis vom Harry – gehört sich das vielleicht? Wird man ja sehen, ob sie heute die Nägel wieder lackiert hat?

Die Gucki überlegt fieberhaft. Bleiben ihr gut zwei Stunden. So lange dauert das Begräbnis. Das Begräbnis vom Joe. Die Frau Weber war ja schon für das Begräbnis angezogen, wie sie die Gucki aufgeweckt hat. Bis auf die Gummistiefel halt. Die sind der Gucki sofort ins Aug gestochen, wie sie aufgewacht ist. Dass ihr das nicht früher eingefallen ist? Wie sie die Spuren im Schnee fotografiert hat. Das ist doch bei uns das Normalste auf der Welt, dass die Bäuerinnen im Winter Gummistiefel tragen, die ein paar Nummern zu groß sind. Dass sie schnell hineinschlüpfen können, wenn sie in den Stall gehen. Ohne dass sie die dicken Wollsocken ausziehen müssen. Schuld war nur diese blöde Uhr! Dass sie da nicht draufgekommen ist! Drum war ja die erste Frage, die sie der Frau Weber gestellt hat, dann auch nicht „Wo bin ich?", oder so was in der Art, sondern: „Und wie kommt dann eine Herren-Armbanduhr zur Leiche vom Harry?" „Gell, raffiniert?" Direkt stolz war die Frau Weber, wie sie der Gucki erklärt hat, dass sie die Uhr von ihrem verstorbenen Mann zum Harry gepackt hat, bevor sie ihn einsiliert hat. Noch dazu mit einem abgerissenen Uhrband – wie wenn sie der Harry seinem Mörder im Todeskampf heruntergerissen hätte. Denkt dann natürlich keiner an eine Frau!

Das war ja das Gespenstische an dieser Situation, dass die Frau Weber über ihre Morde so sachlich geredet hat, wie wenn sie nicht zwei Menschen ermordet, sondern Marillenknödel gemacht hätte: Das ist mir gut gelungen – das weniger – und da hab ich ein bisserl gepatzt. Wie sie monatelang zum Dr. Munz gerannt ist. Dass er ihr Schlafpulverl verschreibt. Wie sie die ganzen Schlafpulverl mit dem Mörser zerrieben hat. Wie sie den Harry ins Haus gelockt hat. An einem Wochenende, an dem ihr Hansi auf Montage war. Unter dem Vorwand, dass sie eine alte Uhr zum Verkaufen hat. Wie sie den Harry dann mit Schlafpulverl abgefüllt hat. Natürlich in einem Nussschnaps. Dass man das Bittere nicht merkt. Wie sie ihn einsiliert hat. Wie sie dann in der Nacht den Silobinkel zu den anderen Binkeln vom Harry gebracht hat. Wie sie in derselben Nacht noch mit dem Auto vom Harry nach Budweis gefahren ist. Und dann mit dem Zug und mit dem Bus wieder zurück. Wie dann die Kühe schon geschrien haben. Weil sie zum Melken zu spät gekommen ist. Und so weiter. Alles hat sie der Gucki ganz genau geschildert. Aber eben nicht wie bei einer Beichte, sondern mehr so, wie wenn man einer Schwiegertochter ein gut gehütetes Kochrezept verrät.

Aus! Schluss mit diesem Wahnsinn! Die Gucki darf jetzt nicht an die Frau Weber denken! Sie muss dran denken, wie sie die Fesseln loswird! Viel Zeit bleibt ihr nicht. Das sieht man doch immer wieder in so Filmen, dass der Held wie ein Packerl verschnürt ist – und sich trotzdem aus seinen Fesseln befreien kann. Weil er nachdenkt. Also nachdenken! Ihre Fliegerjacke! Die Frau Weber muss ihr ihre Jacke angezogen haben, wie sie geschlafen hat. Was hat sie alles eingesteckt? Das Taschenmesser! Fällt aus. Weil in der linken Brusttasche. Reißverschluss aber zu. Das Feuerzeug! In der rechten Außentasche. Mit der Hand kommt sie sicher nicht hinein. Aber wenn sie das Becken anhebt, muss es früher oder später aus der Tasche herausfallen. Ist ja kein Plastikfeuerzeug, sondern ein schweres Benzinfeuerzeug. Das ist auch so was, über das ich mir so meine Gedanken mach: das Plastikfeuerzeug – genauer gesagt: das *Wegwerffeuerzeug*. Mit dem hat es angefangen, das Wegwerfen. Ich mein: weggeworfen worden ist natürlich schon immer was. Wenn es halt hin war. Aber beim Wegwerffeuerzeug ist das Wegwerfen schon eingeplant. „Das ist doch komplett wurscht!", wird man jetzt sagen. „Was reitet der auf seinem blöden Wegwerffeuerzeug herum, wenn es doch darum geht, ob sich die Gucki von ihren Fesseln befreien kann oder nicht?“ Das ist eben nicht wurscht. Weil das Wegwerffeuerzeug – das war ja nur der Anfang. Dann ist ja gleich der Wegwerfkugelschreiber gekommen und dann der Wegwerfrasierer. Und bis zum heutigen Tag werden die Wegwerfsachen immer mehr und immer mehr. Und eines schönen Tages wird es überhaupt nur mehr Wegwerfsachen geben, wenn das so weitergeht. Und dann wundern sich die Leute, wenn wir nicht mehr wissen, wohin mit dem Müll! Also – gut: Ich hör schon auf damit. Weil das Schimpfen eh keinen Sinn hat!

Und weil die Gucki wirklich in einer brenzligen Lage steckt. Weil sie sich herumwindet wie eine Schlange – und das blöde Feuerzeug trotzdem nicht und nicht heraus will. Und weil sie jetzt ganz ruhig daliegt und nachdenkt. Und weil sie schon wieder die Ganslhaut hat. Weil ihr beim Nachdenken zwar nicht eingefallen ist, wie sie das Feuerzeug herauskriegt, dafür aber die nächste Schlagzeile der *Kronen Zeitung*: *Doppelmörderin baumelt in der eigenen Schlinge!*

XIX

„Scheißt der Hund auf's Feuerzeug, braucht er keinen Benzin!", ist auf den ersten Blick ein sinnloser Spruch. Weil: Was tut ein Hund mit einem Feuerzeug? Wenn du dir den Hund aber einmal wegdenkst, ist die Geschichte gar nicht mehr so blöd: Wenn du was hast – im Sinn von *besitzen* –, dann hast du nur Sorgen. Sprich: Hast du ein Feuerzeug, musst du dir Sorgen um den Feuerzeugbenzin machen. Hast du aber nix, dann hast du auch keine Sorgen.

Der Gucki ist aber jetzt der tiefere Sinn von diesem Spruch völlig wurscht. „Scheißt der Hund auf's Feuerzeug, braucht er keinen Benzin!", fällt ihr ganz einfach ein, weil es der Lieblingsspruch vom Fuzzi ist und weil sie beschlossen hat, auf das Feuerzeug zu scheißen. Weil es ja auch noch eine andere Lösung geben muss. Mit der Betonung auf *muss*. Weil der Gucki jetzt auf einmal klar ist, warum die Frau Weber gar so nett ist zu ihr. Warum sie was trinken darf. Warum sie aufs Klo gehen darf. Weil das so geplant ist. Von der Frau Weber geplant. Weil sich die Frau Weber verraten hat. Indirekt. Wie sie gesagt hat: „Das mit dem Schlafpulver – da sind sie mir draufgekommen. Beim Joe. War ein Fehler. Wird mir nimmer passieren!" Dass das der Gucki nicht gleich aufgefallen ist? Was wird ihr nimmer passieren, der Frau Weber? Dass man die Schlaftabletten im Blut und im Kot und im Urin des Opfers nachweisen kann. Weil sie dieses Mal lang genug warten wird. Bis die Gucki auch noch die letzten Reste des Schlafmittels ausgeschieden hat. Bis dahin wird sie der Gucki schöntun und ihr viel zu trinken geben und ihr womöglich sogar den Arsch auswischen. Aber dann wird sie die Gucki genauso kaltblütig aufhängen wie den Joe.

In ihrer Verzweiflung gibt jetzt die Gucki der Flasche einen Tritt. Der Flasche, aus der sie vorher getrunken hat. Fast einen ganzen Liter Wasser. Dabei kann ja die Flasche wirklich nichts dafür, dass die Frau Weber wahnsinnig ist. So eine Literflasche, wo einmal ein Rum drin war. Mit Schraubverschluss. Recht praktisch. Drum wird ja so eine Flasche bei uns nicht weggeschmissen. Kann man ja immer wieder brauchen. Weil aber die Gucki die Flasche nicht zum Ribiselsaft-Einfüllen braucht, drischt sie mit ihren schweren Stiefeln auch schon auf die arme Flasche hin, dass es nur so klirrt. Jetzt braucht sie nur noch eine Glasscherbe in die Finger bekommen – und die Wäscheleine ist schon so gut wie zerschnitten. Nur ist das mit gefesselten Händen gar nicht so leicht. Da hast du dir schneller die Pulsadern aufgeschnitten, als du schauen kannst. Dauert ja schon eine halbe Ewigkeit, bis die Gucki endlich eine halbwegs brauchbare Scherbe ertastet hat. Und *schneiden* kann man das auch nicht nennen. Mit gefesselten Händen und einer Glasscherbe kannst du eine Wäscheleine höchstens ein bisserl anritzen. Da brauchst du schon eine Geduld. Geduld hätte die Gucki sogar – nur hat sie leider nicht mehr viel Zeit. Weil sie jetzt ein Auto hört. Aber nicht das Auto vom Websi. Mit dem braucht sie an diesem Nachmittag sowieso nicht rechnen. Der steckt in einer Feuerwehruniform und sitzt mit den anderen Sargträgern im Gasthaus *Weiß*. Also das Auto von der Frau Weber. Wenn die die zerbrochene Flasche sieht, weiß sie doch gleich, was es geschlagen hat. Muss die Gucki alles auf eine Karte setzen. Weil: Wenn du sowieso aufgehängt wirst, ist es dir auch schon wurscht, ob du dir die Pulsadern aufschneidest oder nicht. Und Schmerzen spürt die Gucki in diesem Moment sowieso nicht. Sie hört auch schon die Frau Weber in ihren Gummistiefeln daherschlurfen – da macht es auf einmal einen Ruck – und die Wäscheleine ist gerissen.

Ist natürlich schon eine Überraschung für die Frau Weber. Da hat sie sich auf ein schön verschnürtes Packerl gefreut – und dann hat sie auf einmal eine wildentschlossene Frau vor sich, die zwar mit gefesselten Füßen auf dem Boden hockt, aber einen abgebrochenen Flaschenhals in ihrer blutüberströmten Hand hat. Und jetzt reißt sie sich auch noch den Knebel vom Mund. Und sagt auch noch: „Komm her, wenn du dich traust!“ Auf das ist die Frau Weber wirklich nicht gefasst. Weil sie aber eine tüchtige Bäuerin ist, hat sie auch schon eine Heugabel in der Hand. Werden wir ja sehen, wer da den Kürzeren zieht! Aber grad in dem Moment, wie sie auf dieses Luder losgehen will, hört sie auch schon den Hund. Kratzt wie wild am Stadeltor und bellt wie ein Verrückter. Wo kommt denn jetzt auf einmal das blöde Vieh her? Na warte, dir werd ich's zeigen! Vor so einem blöden

Hund hat sie wirklich keine Angst! Den sticht sie ab wie eine Sau! Ist schon beim Stadeltor – da fällt ihr ein, dass sie zuerst die Reporterin erledigen muss. Die schreit wie am Spieß. Und womöglich kriegt sie die Wäscheleine an den Füßen auch noch auf. Und rennt davon. Und der Hansi kriegt keine Frau! Und was ist dann mit dem Hof? Schnell zurück! Wenn es nur nicht so stechen tät! In der Brust. So ein brennender Schmerz. Und schlecht ist ihr auch. Aber sie kann sich jetzt nicht niederlegen – jetzt nicht! Nachher dann – nach der Arbeit! Zuerst die Arbeit – dann das Spiel! Blödsinn – nicht das Spiel: das Niederlegen! Sobald der Hansi einmal eine Frau hat, wird es sowieso leichter. Da kann sie sich dann öfter niederlegen. Auf den Diwan. Sie freut sich schon so auf die Hochzeit. Ganz in Weiß! Aber da wird ihr auch schon schwarz vor den Augen.

XX

„Umsonst ist der Tod – und der kostet das Leben!", kannst du eigentlich immer sagen. Weil das ist so ein Spruch, der immer passt. Weil einem ja wirklich nichts geschenkt wird.

Trotzdem eher unpassend, wie der Fuzzi jetzt sagt: „Umsonst ist der Tod – und der kostet das Leben!" Weil wir auf einem Begräbnis sind. Und da ist so ein Spruch schon ein bisserl makaber. Und außerdem stimmt er ja nicht einmal. Weil du ja bei einem Begräbnis das Essen umsonst kriegst, wenn du zum Leichenschmaus eingeladen bist.

„Was, schon wieder ein Begräbnis?", wird man sich jetzt fragen. „Grad, Montag, am 19. März, war doch das Begräbnis vom Joe – und heute haben wir doch erst Freitag, den 23. März? Und jetzt schon wieder ein Begräbnis?" Ja, ja – so schnell kann es gehen, das mit dem Sterben! Da bist du immer pumperlgesund, praktisch dein Lebtag lang nie krank – und werkst grad noch mit der Heugabel herum – da hat dich auch schon der Herzinfarkt erwischt! Die Gucki ist ja eh gleich ins Haus hinein und hat gleich den Dr. Munz angerufen. Aber der hat auch nichts mehr machen können. Bei der Frau Weber hat er nichts mehr machen können. Bei der Gucki schon. Der hat er schon die Hände so schön verbunden, dass sie sich vorgekommen ist wie eine Mumie. Und hat sie dann mitsamt ihrem Hund mit dem Auto heimgebracht.

Sobald der Notarztwagen da war. Hätte sie eigentlich sofort ins Spital schicken müssen. Hohes Fieber, Schüttelfrost, vermutlich Lungenentzündung. Erst wie sie hoch und heilig versprochen hat, gleich das Antibiotikum zu nehmen und auf der Stelle ins Bett zu gehen, hat er ihr dann doch ihren Willen gelassen. Wenn der wüsste, was die Gucki als Erstes gemacht hat, wie sie daheim war. Da hat sie nämlich nicht das Antibiotikum genommen, sondern den Turrini gefüttert und dann einmal eine geraucht. Weil: Wie die Gucki gemerkt hat, dass die Frau Weber keinen Puls mehr hat, hat sie den Dr. Munz angerufen – und dann hat sie vor lauter den Turrini Begrüßen und vor lauter „braves kleines Hundi" Stammeln ganz auf das Rauchen vergessen.

Jetzt wird sich natürlich ein jeder fragen, wie der Turrini zum Weber gekommen ist. Weil ja doch mindestens vier Kilometer Luftlinie von der Gucki ihrem Haus bis zum Weber. Kann ein Hund sein Frauli wirklich auf so eine Entfernung riechen? Keine Ahnung! Für die Gucki ist das sowieso keine Frage. Für sie ist ihr kleiner Hund sowieso ein Schutzengerl auf vier Pfoten, das vom Himmel herabgeschwebt ist. Sie fragt sich ja nicht einmal, wie ihr Turrini-Burli aus dem Haus gekommen ist. Hat ihn ja daheim gelassen, wie sie am Sonntag mit dem Fuzzi auf den Frühschoppen gefahren ist. Und dann zur Frau Weber. Diese Frage ist aber schnell beantwortet. Weil kaum, dass die Gucki im Bett gelegen ist, hat auch schon der Fritz angerufen. Und hat gestanden, dass ihm der Hund ausgekommen ist. Weil er bei der Gucki gewesen ist. Die Gucki war ja nicht da. Nur ihr Auto. „Das muss die Frau Weber hingestellt haben!“, schießt es der Gucki durch den Kopf. Der Fritz hat das natürlich nicht wissen können und ist nach endlosem Klopfen hineingegangen. Die Haustür war ja nicht versperrt. Und da ist der Hund auf und davon.

Ist die Gucki natürlich gerührt gewesen. Erstens: der brave Turrini! Zweitens aber: der brave Fritz! Hat zehnmal angerufen und ist dann sogar nach St. Anton gefahren. Hat sich Sorgen gemacht um sie. Da ist die Gucki schon recht in Versuchung gewesen, dass sie dem Fritz alles erzählt. Praktisch Herz ausschütten. Und dann auch noch eine Bomben-Story! Hat aber dann doch den Mund gehalten. Hat nur *Krankenstand* gesagt. Und sonst kein Sterbenswort.

Sonst hätte der Herr Pfarrer heute nicht so schön reden können. Über die Verstorbene. Dass sie vier Kinder ganz allein großgezogen hat. Weil ihr Mann bereits aus diesem irdischen Jammertal abberufen wurde, als der Sohn noch in den Windeln lag. Dass sie ihre Töchter im christlichen Glauben erzogen hat. Was man allein schon daran ersehen kann, dass alle drei noch immer verheiratet sind, obwohl das mit den Scheidungen heutzutage immer mehr wird. Dass die Verstorbene ihrem Sohn bis zu ihrem Ableben unermüdlich in Haus und Hof zur Seite gestanden ist. Dass sie sogar in ihrer letzten Stunde noch mit der Heugabel im Stadel gestanden ist. Und so weiter und so fort. Hätte die Gucki bald lachen müssen. Weil sie diesmal doch in der Kirche war. Weil es ihr doch noch nicht so gut gegangen ist, dass sie draußen in der Kälte stehen hat können. War ja noch immer vollgepumpt mit Tabletten. Wenn das der Dr. Munz wüsste, dass sie jetzt beim Leichenschmaus schon das vierte Bier trinkt!

Aber wenn sie nicht auf den Leichenschmaus gegangen wäre, hätte die Gucki nicht gewusst, wer die junge Frau ist, die jetzt neben dem Websi sitzt. Nämlich keine von seinen drei Schwestern, sondern die Gerti. Praktisch die Freundin vom Websi. Hat kein Schwein gewusst, dass der eine Freundin hat. Hat sie ja nie heimgebracht. Wird schon seine Gründe gehabt haben. Weil seine Mama – Gott hab sie selig – hat ihm ja schon einmal eine Freundin verjagt. Vor ein paar Jahren ist das gewesen. Da hat die Frau Weber die Freundin von ihrem Buben so lang sekkiert, bis sie dann eines Tages verschwunden war. Zum Schluss hätte sie die Neue auch wieder verjagt? Direkt ein Glück, dass die Frau Weber ... nein, das gehört sich nicht, dass man so was sagt!

Die Einzige, die weiß, dass das nicht nur Glück ist, ist die Gucki. Sie ist auch die Einzige, die weiß, wo der Websi wirklich war, wenn er auf Montage war. Aber von der Gucki erfährt keiner was. Die Gucki ist nämlich beim Leichenschmaus eingeschlafen. Weil sie aber direkt neben dem Fuzzi sitzt, zerreißen sich die Leute natürlich das Maul: „Na, die zwei – die passen wirklich zusammen!"

XXI

„Übersehen ist auch verspielt!", wird natürlich beim Kartenspielen gern gesagt. Weil Schadenfreude: Da hat einer mordsmäßig gute Karten – und dann macht er einen Fehler – und dann hat er auch schon verspielt! Selber schuld! Wird aber auch sonst gern gesagt. Sozusagen übertragene Bedeutung: Da hat einer einmal im Leben eine Chance – und dann nutzt er sie nicht! Selber schuld!

Könnte man eigentlich auch zur Gucki sagen: „Übersehen ist auch verspielt!" Da hat sie die einmalige Chance, dass ihr sämtliche Zeitungen eine Geschichte aus der Hand reißen täten – die Geschichte von der wahnsinnigen Doppelmörderin – und was macht die Gucki? Nichts! Rein gar nichts! Dabei hätte sie sogar Beweise in der Hand gehabt. Die Wäscheleine, mit der sie gefesselt war, war ja die Gleiche, mit der die Frau Weber den Joe aufgehängt hat. Und vom Nussschnaps mit dem Schlafpulver war ja auch noch ein Rest da. Warum hat dann die Gucki ihre Chance ausgelassen?

Sicher, zuerst einmal aus Rücksicht auf den Websi. Dann aber auch aus Rücksicht auf – wie soll man das jetzt nennen? Vielleicht: auf der Gucki ihr Gewissen. Weil sie halt doch keine richtige Journalistin war, sondern mehr ein Mensch. Und als Mensch wär ihr das peinlich gewesen, dass sie da in menschlichen Abgründen herumwühlt, nur um die Sensationsgeilheit der Leute zu befriedigen. Weil sie sich für so was geschämt hätte. Und weil sie die ganze traurige Geschichte einfach nur vergessen will.

Und das tut sie auch. Weil sie jetzt mitten im schönsten Tarockieren ist. Weil Sonntag, der 25. März ist. Und da ist im Gasthaus *Otter* Preistarockieren angesagt. Na, bumm! Da geht es vielleicht zu! Da wird tarockiert, dass die Fetzen nur so fliegen! Kaum hat die Gucki „Plaudern!" gesagt, plärrt der Fuzzi auch schon „Solo!" Ist natürlich reiner Zufall, dass die zwei an einem Tisch sitzen. Wird ja ausgelost, mit wem du bei einem Preistarockieren zusammenkommst. Aber an diesem Tisch zufälligerweise lauter Bekannte: die Gucki und der Fuzzi und dann noch der Maxi und die Blumauer Anni. Die hat anscheinend wieder einmal ihren Papa und ihre Brüder mit dem Auto herbringen müssen. Der Fuzzi hat sich also von der Gucki in einen *Solodreier* hineinhussen lassen. Und weil der Maxi ein schneidiger Busch ist und fest schießt, ist man in kürzester Zeit auch schon beim *Steyrerwagen* angelangt. Ganz schön ein teurer Spaß bei einem *Solodreier!*

Die Anni spielt den *Herzkönig* aus, der Maxi sticht mit dem *Zwanziger* – der Fuzzi hat auch kein *Herz* und sticht mit dem *Einundzwanziger*. Weil ja so ein *König* ein fetter Stich ist. Und außerdem null Risiko. Weil stechen kann die Gucki seinen *Einundzwanziger* sowieso nicht. Hat ja einen *Plauderer* gehabt. Da hätte sie gar keinen Stich machen dürfen.

Kann sie also auf keinen Fall den *Gstüss* haben. Der sticht nämlich alles. Weil aber die Gucki den *Gstüss* trotzdem hat – praktisch vorher nur geblufft –, wird jetzt dem Fuzzi sein *Einundzwanziger* abgestochen, dass es nur so kleseht. Hat sich der Fuzzi natürlich in den Arsch gebissen und herumgeplärrt, wie wenn man ihn abstechen tät. Hat man sogar das Preistarockieren unterbrechen müssen. Hat ja keiner mehr tarockieren können vor lauter Lachen.

Hat man wieder was zum Reden gehabt in St. Anton. Werden die Leute eh froh gewesen sein: nach den ganzen traurigen Mordgeschichten endlich wieder einmal was Lustiges!

Sämtliche Personen und Handlungen dieses Romanes sind frei erfunden. Ähnlichkeiten mit lebenden Personen oder realen Begebenheiten sind zufällig und nicht beabsichtigt.

bzw.

„Alles derstunken und derlogen“ (Franz Friedrich Altmann)

Coverfoto: www.photocase.com
Cover: Peter Eberl, www.hai.cc
Layout + Umbruch: Elisabeth Klöckl-Stadler, www.zwiebelfisch.at
Gesamtherstellung: Leykam Buchverlag

ISBN 978-3-7011-7655-7
www.leykamverlag.at

Weitere österreichische Mords-Geschichten gefällig?

Isabella Trummer
Das dunkle Ende des Traums
Inspektor Kammerlanders zweiter Fall
978-3-7011-7541-1

Isabella Trummer
Das Grab
Inspektor Kammerlanders dritter Fall
978-3-7011-7630-4

Alfred Paul Schmidt
Die Spur der Sonne
Ein Hund als Denker und Detektiv
978-3-7011-7616-8

Werner Kopacka / Thomas Schrems
Zuadraht
978-3-85489-135-2

Krimis im Leykam-Verlag

Weitere österreichische Mords-Geschichten gefällig?

Robert Pucher
Krokodilstränen
978-3-7011-7629-8

Thomas Raab
Der Metzger muss nachsitzen
978-3-7011-7577-2

Thomas Raab
Der Metzger sieht rot
978-3-7011-7619-9

Krimis im Leykam-Verlag